# 그날이 올 때까지

김춘복
산문집

# 그날이 올 때까지

산지니

## 책머리에

데뷔작을 「낙인烙印」으로 치면 59년, 「쌈짓골」로 계산하면 42년이라는 세월이 흘러갔다. 망구望九에 이르러 뒤돌아보니, 문득 서산대사의 선시 「답설踏雪」이 떠오르면서 부끄러워진다.

시류에 휩쓸리지 않고, 세속에 물들지 않고, 옳다고 생각하는 외곬을 따라 걸어가기란 결코 쉬운 일이 아니었다. 비틀거릴망정 결코 쓰러져서는 안 된다고 다짐하며 비바람 속을 뚫고 여기까지 걸어왔다.

데뷔 이래 각종 일간지, 월간지, 기관지 등에 발표했던 작품들을 엄선하여 첫 산문집을 펴낸다.

발표 연대가 오래되어 시의時宜가 적절하지 않은 것들은 솎아내되, 다만 버리기 아까운 몇 편은 그대로 살리기로 했다.

제1부는 사라져가는 우리의 전통문화에 대한 애틋한 향수와 규슈 지방을 둘러보며 우리네와 일본의 다른 점을 살펴 형상화한 내용이다.

제2부는 한평생 살아오는 동안 나에게 직간접의 영향을 끼친

이들과의 일화를 회고한 내용이다.

나라가 하루도 조용한 날이 없다. 그야말로 안팎곱사등이가 되어 허우적거리고 있는 형국이다. 이러한 때 작가가 할 수 있는 일은 무엇일까, 제3부는 이러한 설문에 대한 나의 답변이다.

9월평양공동선언으로 세계사의 물줄기가 크게 요동치고 있다.

바야흐로 우리 모두 살맛나는 세상, 그날이 다가오고 있다.

로댕이 말했다, '진보란 더디고 불확실한 것이지만, 어느 날 갑자기 우리 앞에 열린다.'고…….

통일이 그러하다.

도움을 주신 분들과 어려운 시기에 산파역을 맡아주신 산지니출판사 가족 여러분께 심심한 사의를 표한다.

2018년 10월

밀양얼음골 우거寓居에서

# 차례

# 제1부

'나' 아닌 '우리'로서의 삶을 위하여

농민의 으뜸가는 즐거움, 가을걷이

공동체의식을 다진 신랑달기놀이

초가草家

다듬이질 소리

일본, 무엇이 우리네와 다른가

# '나' 아닌 '우리'로서의 삶을 위하여

흔히 한국인을 두고 '단독 개념이 박약하다.'느니, '개성이 없고 집단 속에 매몰되어 있다.'고들 말한다. 서양 사람들은 말할 나위도 없고, 동양권 내에서도 '내 집', '내 부모', '내 동네', '내 나라'라고 말하지, '우리 집', '우리 부모', '우리 동네', '우리나라'라고 말하는 민족은 우리밖에 없다는 것이다. 게다가 어떤 이는 무슨 큰 발견이라도 한 것처럼, '내 마누라'라고 해야 옳을 터인데도 '우리 마누라'라고 말함으로써 서구인들이 얼핏 듣기에는 일처다부주의一妻多夫主義의 관습을 가진 민족으로 오해하기 십상이라고 꼬집기도 한다.

그렇다면 반대의 경우를 한번 생각해 보자. '내 엄마', '내 집', '내 나라…….' 마치 '나'라는 주인공은 모두가 독자獨子요, 독신주의자요, 제왕이라도 된단 말인가?

혹자는 이렇게 반박할는지도 모른다. 그것은 우리가 듣기에 그렇게 인식될 뿐이지, 그네들은 지극히 당연하게, 그리고 자연스럽게 일상생활에서 쓰고 있다고…….

그렇다면 '우리 마누라', '우리 아버지'란 말은 우리에게 무슨 불편이라도 준단 말인가?

'우리'라는 단어는 한민족이 한반도에 자리 잡고 고난과 기쁨을 함께 나누며 살아오는 동안, 개인을 집체 속에 철저하게 귀속시켰던 공동체의식에서 비롯된 말이다. 따라서 이 '우리'라는 말이야말로 우리가 가장 소중하게 간직해야 할 값진 정신적 유산이라 할 것이다.

### 공동체의식이 강했던 민족

일찍이 우리만큼 공동체의식이 강했던 민족도 드물었다.

한국의 취락은 단순히 여러 사람이 모여 사는 행정단위로서의 집체가 아니라, 더불어 일하고, 더불어 울고 웃으며, 더불어 만족해야 했던 공동운명체로서의 소우주였던 것이다.

마을의 구성원은 태어나서부터 죽을 때까지 이 공동운명체와 불가분의 관계를 맺게 마련이었으며, 따라서 개인적인 사고나 행동이 허용되지 않았다. 가령 남을 중상 모략하는 자, 분수를 모르는 자, 불평불만을 일삼는 자, 도둑질을 하는 자, 간음하는 자 들은 예외 없이 멍석말이로 동네매를 맞았으며, 세 번을 맞게 되면 여지없이 훼가출송毁家黜送을 당해야만 했던 것이다.

마을마다 동신洞神을 모셔 놓고, 일 년에 한 차례씩 부락제를 지냄으로써 공동체의식을 보다 강화했던 것도 특기할 만하다.

이와 같은 한국 특유의 공동체의식은 필연적으로 서로 돕고 위하는 상부상조의 미풍양속을 낳았다. 예컨대, 다리를 놓거나 도로를 보수하거나 방축을 쌓거나 사방공사를 하는 등의 공동사업은 말할 것도 없고, 집짓기, 농사일, 관혼상제 따위의 극히 개인적인 일에 이르기까지 '계契' 또는 '두레'라는 이름으로 공동이익을 추구했던 것이다.

'계'는 '회會'라고도 불리는 것으로, 문헌상으로는 신라시대의 '길쌈계'가 가장 오래 된 것으로 알려져 있으며, 동계洞契·이중계里中契·자치계自治契·통계統契 등 지역단체로서의 계가 있었는가 하면, 우피계牛皮契·차계車契·대동계大同契 등 특권단체로서의 계가 있었으며, 선계船契·어망계漁網契·수리계水利契·서책계書冊契 등 산업단체로서의 계, 관복계·동지계同志契·갑계甲契 등 그 종류가 실로 다양했으되, 이들은 모두 상부상조가 그 목적이었다.

### 노동의 어려움을 즐거움으로 승화

가장 대표적인 공동협동체로는 '두레'를 들 수 있다.

1906년에 나온, 일제가 작성한 『토지조사보고서』에 이런 대목이 있다.

한국의 농법 중 우리를 가장 놀라게 하는 것이 있다면, 우경牛耕과 공동노동이라고 해야 할 것이다. '농자천하지대본農者天下之大本', 또는 '신농유업神農遺業'의 문자가 있는 농기農旗를 세우고 그 부근에서 일에 들어간다. 여름날 논의 제초기除草期에 시골에 돌아다니면 '쟁쟁' 하는 징소리를 듣게 되는데, 그것은 농민들이 농기를 용감하게 펼치고 그 밑에서 휴식 시에 농악을 연주하는 것이다. 그들은 이 농악에 의하여 쾌감을 얻고, 원기를 되찾았다. 특히 아침부터 일에 열심히 종사하여 심신이 피로를 느껴 행동이 느려지는 저녁 무렵에는 일부의 제초수除草手들은 호미 대신에 악기를 들고 제초수 뒤에 서서 활약장쾌活躍壯快한 농악을 연주하기 시작한다. 이에 제초수는 심기가 맑아지고 곧 게으른 기운이 없어져 피로를 잊고 호미의 찍음을 자기도 모르게 깊이 하는 것은 곧 자연스러운 세勢라고 할 것이다.

이렇듯 힘겹고 고통스럽기 짝이 없는 농사일을 우리 조상들은 '두레'라고 하는 작업공동체를 통하여 오히려 즐거운 노동으로 승화시켰던 것이다.

1884년경에 한국을 여행한 칼즈W.R.Carles 또한 『한국의 생활Life in Corea』이란 여행기에서 이렇게 지적하고 있다.

> 백여 명이 공동으로 일하고 있었다. 한국인들은 언제나 공동으로 일하기를 좋아하는 듯이 보였으며, 그리고 그들은 노래를 부르면서 일하고 있었다.

이처럼 공동으로 일하는 장면이 이방인들에게는 생소했을 정도로, 두레는 마을의 모든 농민이 그 마을의 경작지에 대해 자타의 구별 없이 일제히 조직적으로 집단작업을 하고 난 뒤에 각 가정의 경지 면적과 노동력에 따라서 임금을 결산하여 주고받았던 한국 고유의 공동작업체였던 것이다.

두레의 성원 자격은 16~17세 이상부터 55~56세까지의 성인 남자였으며, 부락을 단위로 했다. 비생산 노동계급인 양반·지주·부호 들은 제외되었으며, 그 대신에 실제로 생산노동에 종사하고 있는 머슴을 참가시켜야 했으니, 이는 어디까지나 평등을 원칙으로 한 민중공동체였기 때문이다. 과부나 병약자·노약자 등의 농가 가족은 참가 의무를 면제해주었을 뿐만 아니라, 공동노동의 혜택을 차별 없이 베풀었으니, 요즘 말로 '불우이웃돕기'도 이만하면 극치라 할 만하다.

두레가 이행하는 공동노동의 형태는 모내기·물대기·김매기·벼 베기·타작 등 논농사 경작 전 과정에 적용되었으며, 특히 많은 인력이 합심하여 일해야 하는 모내기와 김매기에는 반드시 동원되었다. 또한 마을의 공동 잔치로 호미씻이와 같은 논농사

이후의 놀이도 함께하였다. 대체로 모내기나 추수를 마친 뒤, 공동작업에 직접 참여한 사람들이 모여 음식과 술을 먹고 농악에 맞추어 여러 가지 연희를 곁들여 즐기면서 그동안의 노고를 잊는 한편 결속을 재확인했다. 이때 토지를 소유한 주인집에서는 많은 음식을 장만하여 한껏 흥을 돋우어주었다.

### 양반계층이 장악했던 향약鄕約

한편 상부상조를 목적으로 했으되, 민중사회에서 운영된 두레와는 달리 그 운영권을 양반계층이 장악했던 공동체로 향약을 들 수 있다.

향약의 시초는 조선조 중종 연간으로 거슬러 올라간다. 조광조 일파가 처음 시행한 향약은 훈구대신의 비리를 시정하기 위해 그들과 연계된 지방 토호들의 향권을 빼앗아 정치 이상을 실현하고자 하는 데 목적을 두었다. 따라서 조광조 일파는 신분보다 나이를 존중하는 『여씨향약呂氏鄕約』을 『소학小學』과 함께 국문으로 번역하여 전국적으로 보급하고, 관권보다 더 강력한 처벌권을 발동하여 토호들의 횡포를 막으려 했던 것이다.

그러나 그러한 급진성 때문에 도리어 보수 세력의 반발을 받아 조광조 일파의 몰락과 함께 폐지된 이후, 다양한 형태의 향약이 만들어져 군·현이나 마을 단위로 시행되었다.

향약의 근본정신은 착한 것을 서로 권장하고德業相勸, 악한 것을 서로 징계하며惡業相規, 어렵고 구차할 때 서로 돕고 구원하는 禮俗相交·患難相恤 데 있었다.

그러나 향약은 지방 사림이 보수화되는 추세에 따라 폐쇄성이 점차 강화되고 농민에 대한 통제의 기능이 커지기 시작하여 조선 후기에는 농민수탈의 도구로 전락해 갔다. 18세기 말 19세기 초의 실학자 정약용이 향약의 폐단이 도덕보다 심하다고 지적한 것은 그러한 사정을 잘 말해준다.

그리하여 일부 지방을 제외하고는 자연히 흐지부지해지고 말았다. 아마도 기존 공동체에 철저하게 귀속된 민중으로부터 지지기반을 얻지 못한 데에 그 원인이 있었다고 본다.

### 공동체의식의 뿌리는 민중에

화폐경제의 침투로 20세기에 들어 부락 단위의 공동체가 해체되면서부터 사정이 크게 달라지긴 했지만, 경조사慶弔事에 부조를 아끼지 않는다거나, 친목과 공제共濟를 목적으로 각종 계를 조직하여 운영한다거나 불우이웃을 돕는다거나 생일 음식·제사 음식을 나눠 먹는 등, 아직도 그 풍속의 일부가 유지되고 있는 현상은 매우 다행스러운 일이라 하겠다.

일부 어용학자들은 전통적인 공동체의식과 새마을운동을 같은 맥락에서 파악하려는 경향이 있는바, 이는 잘못된 발상이라 할 것이다.

전자는 민중사회에서 자생한 것임에 반하여 후자는 지배자의 통치이념에 의하여 창출된 것이기 때문에, 그 속성과 차원이 민중적 공동체의식과 상반되기 때문이다.

LA올림픽 폐막식 때, 차기 올림픽 개최국으로서 우리나라를 소개하면서 농악을 선보이는 장면은 참으로 신선했다.

오늘날 소중한 문화유산으로 손꼽히는 농악이란 것도, 역사적으로 볼 때 통치자들이 적대시했던, 그리하여 하마터면 소멸될 뻔했던 사례들을 심심찮게 찾아볼 수 있다.

영조 13년, 전라도 지방을 암행하던 원경하元景夏라는 어사가 두레의 농기와 악기가 민중들의 반란 시에 군용물이 될 수 있다고 판단하고 이를 몰수한 사실은 무엇을 의미하는가? 사실 왕이나 신하나 지배계급은 두레하는 백성들을 '민배民輩'라는 경멸적인 용어를 썼을 정도로 두레 그 자체를 받아들이기를 꺼렸던 것이 사실이다.

일제강점기는 제쳐 놓고라도, 군사독재 시절에 농악기의 사용을 금지했던 것은 지금도 기억에 새롭다.

그렇다. 공동체문화의 맥을 이어받는 주체는 관변문화·소비문화가 아니라, 이에 대항하는 민중문화·생산문화여야 할 것이다. 그러기 위해서는 민중이 스스로 깨치도록 노력해야 할 것이며, 이를 담당할 일꾼은 다름 아닌 지식인이다.

농고農高나 농대農大를 나온 젊은이들이 맨 먼저 찾아가야 할 곳은 흙 이외에 어디 있겠는가? 그리하여 고사 직전에 놓여 있는 이 땅의 전통문화·공동체문화의 산실인 우리의 농촌을 활성화하는 데 누구보다 앞장서야 할 것이다.

한 가지 구체적인 예를 들자면, 우선 농업협동조합만이라도 '농민의, 농민에 의한, 농민을 위한 조합'으로 만들어 보자. 상부상조의 정신에 뿌리 내린 공동체의식의 현대적 의미, 그것은 바로 민주화 의식인 것이다.

『한국인』, 1985년 1월호

# 농민의 으뜸가는 즐거움,
# 가을걷이

여름과 겨울 사이에 끼어 있는 계절이 가을이라는 사실은 삼척동자도 다 알고 있지만, 막상 언제부터 언제까지가 가을이냐고 물어보면 언뜻 대답이 잘 나오지 않는다.

그럴 수밖에 없는 것이, 기상학에서는 '9·10·11월'을, 천문학에서는 '추분9월 23일경부터 동지12월 22일경까지'를, 절기상으로는 '입추8월 7일경부터 입동11월 7일경 전날까지'를 가을로 간주하고 있으니 말이다.

그러고 보면 '가을'이란, 달력이나 기상도에 나오는 수치상의 개념이 아니라, 조상들이 자연력에 의하여 추출해낸 대자연의 섭리현상을 두고 일컫는 말이라고 봄이 타당하겠다. 무엇보다 '가을 추秋'자의 짜임새가 그걸 대변해주고 있다. '벼 화禾' 변은 '곡식'이요, '불 화火'는 '말린다'는 뜻이니, 곧 '곡식을 거두어서 말리는 계절'이 가을인 것이다.

정약용丁若鏞의 둘째아들 정학유丁學游가 지은 「농가월령가」에서는 가을을 어떻게 노래했는지 한번 들어보자.

팔월이라 중추仲秋 되니 백로白露 추분秋分 절기로다
북두성 자루 돌아 서천을 가리키니
선선한 조석 기분 추의秋意가 완연하다
귀뚜라미 맑은 소리 벽간에 들리누나
(…)
백곡의 이삭 패고 여물 들어 고개 숙여
서풍에 익은 빛은 황운黃雲이 일어난다.
백설 같은 면화 송이 산호 같은 고추 다래
들구경 돌아보니 힘들인 일 공생한다

「농가월령가」 '8월령'의 전반부

## 호주머니에 먹을거리가 안 떨어지던 가을

가을바람에 혀를 빼물고 자란 오곡들이 황금빛 물결로 넘실대고, 면화·대추·고추·다래가 초가지붕 위에 눈부시게 얹히면 비로소 '가을'을 실감하게 된다.

이 무렵은 으레 한가위가 끼어 있게 마련이라, 올벼를 풋바심한 빈자리가 듬성듬성 눈에 들어오기는 하지만, 아직 본격적인 가을걷이는 한 달가량이나 더 기다려야 한다. 집집마다 다투어 밤과 대추를 털고, 참깨·들깨를 거두어 말리고, 박을 타 느는 기간이 바로 이때다.

구월이라 계추季秋 되니 한로寒露 상강霜降 절기로다
제비는 돌아가고 기러기 언제 왔노
벽공에 우는 소리 찬 이슬 재촉한다
만산 풍엽은 연지를 물들이고
울 밑에 황국화는 추광秋光을 자랑한다
(…)
들마당 집마당에 개상에 탯돌이라
무논은 베어 깔고 건답은 베 두드려
오늘은 점근벼요 내일은 사발벼라
밀따리 대추벼와 동트기 경상벼라

「농가월령가」 '9월령'의 전반부

연일 무서리가 내려 먼 산 가까운 산 할 것 없이 온통 단풍으로 물들면, 소년 소녀들은 일 년 중에서도 가장 행복하다. 꽁보리밥·풀떼기 대신 하루 세끼 하얀 쌀밥에다 추석빔으로 얻어 입은 바지저고리 호주머니 속에는 감·밤·대추·산수유·찐쌀 등 종일토록 먹을거리가 떨어지지 않기 때문이다.

한로를 전후하여 본격적으로 벼 베기가 시작되면서부터 가을은 절정에 이른다.

전답이 한 구역에 밀집해 있는 농가에서는 들마당 타작을, 집을 중심으로 산지사방으로 분산되어 있는 농가에서는 집마당 타작을 했다.

우리 집은 늘 후자를 택했다. 할아버지와 머슴이 마당에 객토를 하여 달구질로 다진 데 이어, 일 년 내내 헛간 속에 방치해 두었던 탈곡기를 들어내 기름칠을 하고 나사를 죄고 성능을 시험해 본 이튿날 꼭두새벽이면 으레 타작꾼들이 몰려들곤 했다. 원동할아버지·상남 노인·덕삼이·방우 등은 해마다 우리 집 단골 놉이었다. 할머니가 손수 떠주는 동동주 한 사발씩으로 목을 축인 그들은 해가 떠오를 때까지 들로 나가 부지런히 볏단을 져다 날랐다.

아침밥을 먹고 나면, 일 년 내내 정적에 싸여 있던 집 안은 별안간 활기찬 기계음으로 가득 차게 마련이었다.

탈곡기로 타작하는 광경
사진 제공: 경향신문사

—와아롱! 씨이롱! 와아롱! 씨이롱……!

두 사람은 탈곡기를 밟으며 볏단을 먹이고, 두 사람은 계속 들로 나가 볏단을 져다 나른다. 할아버지는 대빗자루로 검불을 쓸어 내는 한편, 탈곡기 양쪽 옆에 볏단이 떨어지지 않도록 부지런히 공급하는가 하면, 머슴은 머슴대로 훑은 볏짚을 치우느라 천둥에 개 뛰듯 우왕좌왕 허둥댄다.

덕삼이와 방우는 힘으로도 당할 자가 없었지만, 노래 솜씨나 신명 또한 탁월하여 이때쯤 될라치면 절로 신명이 터져 나온다.

—밟아라아! 믹이라아……!

—잘한다아! 돈 무우라아……!

가을에는 부지깽이도 덤빈다는 속담이 있다. 아무리 어린 아이라 할지라도 할 일이 따로 있었다, 이삭줍기·동생보기·집안 청소·이 심부름 저 심부름, 하다못해 메뚜기 잡기에 이르기까지…….

**더불어 배 불리는 하루**

부엌은 부엌대로 삼시 세끼에 두 끼 새참 장만하느라 눈코 뜰 새 없었다. 예로부터 농가에서는 일꾼들에게 음식 대접을 소홀히 하는 법이 없었다. 잘못했다간 다음부터는 놉을 구하기가 여간 힘들지 않기 때문이었다.

김홍도 「점심」, 지본담채 27x22.7cm

밤에는 방아 찧어 밥쌀을 장만할 제
찬 서리 긴긴 밤에 우는 아기 돌아볼까
타작 점심 하오리라 황계 백주 부족할까
새우젓 계란찌개 상찬으로 차려 놓고
배춧국 무나물에 고춧잎장아찌라
큰 가마에 앉힌 밥 태반이나 부족하다
한가을 흔할 적에 과객도 청하나니
한 동네 이웃하여 한 들에 농사하니

수고도 나눠 하고 없는 것도 서로 도와

이때를 만났으니 즐기기도 같이 하세

「농가월령가」 '9월령'의 후반부

이 얼마나 풋풋한 인심인가. 바늘 가는 데 실 간다고, 지아비가 놉으로 가는 주인집에 으레 지어미도 곁따라 가 부엌일을 거들게 마련이었다. 게다가 어린 새끼들까지 줄줄이 데려와 함께 배를 불렸으며, 노환으로 방구들을 지고 누워 있는 부모의 몫까지 따로 차려 보냈다.

여남은 마지기의 논을 가진 우리 집의 경우에는 대개 이틀이면 타작이 끝났다. 그때마다 일꾼들은 새삼 탈곡기의 성능을

김홍도 「타작」
탈곡기가 없던 시대, 태질을 하는 모습

칭찬하고는 했다. 그도 그럴 것이 그 무렵 우리 마을에 탈곡기가 있는 집은 우리 집밖에 없었기 때문이다.

탈곡기가 없는 집에서는 원시적인 방법 그대로 벼훑이로 훑거나 탯돌에 태질을 해서 털었다.

### 마당 한가운데에 솟아오르는 벼 동산

가을 해는 짧아서 타작을 끝내고 풍구질을 할 때엔 관솔불을 밝혀야만 했다. 날씨에 이상이 없는 한, 일단 풍구질까지 마치고 나서야 저녁상을 벌였다.

"아이고, 금년에도 막 쏟아졌네요."

"허허, 신농씨가 따로 없네. 쉰 섬도 더 안 넘겠나!"

이웃 사람들이 공치사를 앞세우고 타작마당 안으로 들어서면서부터 술주전자는 잠시도 엉덩이를 붙이지 못한다.

—한 말이요……, 두 말이요……, 시 말이요……, 시 말에 가서는 니 말이요……니 말에 가서는…….

마질을 하는 할아버지의 목소리는 그대로 한 판의 흥겨운 타령이었다. 가을걷이의 하이라이트는 역시 타작이요, 그중에서도 바로 이 장면이었던 것이다.

들에는 조 피 더미 집 근처 콩 팥 가리
벼 타작 마친 후에 틈나거든 두드리세
비단차조 이부꾸리 매눈이콩 황부대를
이삭으로 먼저 갈라 후씨를 따로 두소
젊은이는 태질이요 계집사람 낫질이라
아이는 소 몰리고 늙은이는 섬 욱이기
이웃집 운력울력의 오기인 듯— 인용자하여 제 일 하듯 하는 것이
뒷목 추기 짚 널기와 마당 끝에 키질하기

「농가월령가」 '9월령'의 후반부

벼 타작을 마쳤다고 해서 가을건이가 완전히 끝난 것이 아니었다.

감 농사가 많은 집에서는 감을 따는 데만도 여러 날이 걸렸다. 된서리가 내리기 전으로 고춧대를 뽑고 나서야 명실 공히 가을건이가 끝났던 것이다.

## 오늘날의 농촌엔 '순이'가 없다

이상은 필자가 유소년 시절에 겪었던 추억 속의 한 장면일 뿐이다.

오늘날 우리의 농촌은 달라져도 너무나 많이 달라졌다. 쟁기 대신 경운기로 논밭을 갈고 이앙기로 모를 심고, 동력탈곡기의

등장으로 힘든 보리타작·벼타작도 삽시간에 해치우는 세상이 된 데다 소위 녹색혁명으로 보릿고개마저 영원히 추방했으니 말이다.

어디 그뿐인가. 초가지붕은 슬레이트지붕으로 바뀌고, 개량주택이 들어서고, 마을마다 골목마다 자동차가 들어가고, 전기가 들어감에 따라 텔레비전에 냉장고에 전기밥솥에 세탁기에 전화기까지 놓게 되었으니, 정말 세상 눈부시게 달라졌다.

그러나 해마다 7, 80만 명의 농민들이 정든 땅을 등지고 대도시로 떠나는 현상은 무엇으로 변명해야 할 것인가?

다만 달라지기만 했을 뿐 좋아진 것이 아니라는 이야기다.

'우물가에 물을 긷는 순이 얼굴이 하하' 이따위 새마을풍의 가사보다는 '앵두나무 우물가에 동네 처녀 바람났네' 이런 50년대류의 유행가가 훨씬 더 가슴에 와닿는 이유도 여기에 있다. 그 어느 마을에도 이제 '순이'는 없다.

가을에 거둔 곡식 얼마나 하였는고
몇 섬은 환換하고 몇 섬은 왕세하고
얼마는 제반미祭飯米요 얼마는 씨앗이라
도조도 되어 내고 품값도 갚으리라
시곗돈 장릿벼를 낱낱이 수세하니

엉부렁하던 것이 나머지 바이 없다

「농가월령가」 '11월령'의 전반부

「농가월령가」 '동지령'은 긴 여운을 남긴다. 예로부터 농사꾼은 천더기 중에서도 상천더기 취급을 받아왔다.

농협農協의 민주화·농산물 가격의 안정화·유통구조의 개선·비료 및 농약의 자유 판매 등의 정상화를 위한 정부 차원의 투자와 배려가 그 어느 때보다도 절실한 시점이다.

그리고 보다 중요한 것은 농민 스스로의 각성과 자각이 선행되어야 할 것이다. '함평고구마사건'* 이나 '안동교구 가톨릭농민회 오원춘사건'**을 잊어서는 안 되는 이유이기도 하다.

『한국인』, 1984년 10월호

* 1976년, 고구마 수매 문제를 놓고 전남 함평군 지역의 농협이 농민들을 속이자, 이에 격분한 농민들이 피해보상을 요구하며 투쟁한 사건.

** 1979년 5월, 안동교구 가톨릭농민회 오원춘이 군수와 농협지점장을 상대로 감자피해보상을 요구하자 중앙정보부가 납치 폭행함으로써 벌어진 사건.

# 공동체의식을 다진 신랑달기놀이

## 1

지방이나 시대에 따라서 다소 차이가 있긴 하지만, 일찍부터 한국인의 혼례풍속에는 '폐백털기', '신방지키기', '신랑달기놀이' 등이 전승되어 왔었다.

'함팔기'라고도 불리는 '폐백털기'는 오늘날에도 전승되고 있지만, '신방지키기'와 '신랑달기놀이'는 소위 서구식의 신식혼례에 밀려 거의 자취를 감추다시피 하고 말았다.

그런데 풍속지마다 그 폐단을 들어 이구동성으로 '신랑달기놀이'를 부정적인 시각으로 기술해 놓았을뿐더러, 국어사전에서마저 '술이나 음식을 내라고 장난삼아 신랑을 귀찮게 구는 놀이'라고 뜻매김을 해놓은 데에는 동의할 수가 없다.

상견례에 이어 합환주合歡酒를 주고받음으로써 한 쌍의 부부로 탄생하는 전통혼례나 주례의 성혼선언으로 한 쌍의 부부로 탄생하는 신식혼례나, 일가친지들의 축복 속에 제2 인생의 첫발

전통혼례식 장면

신랑 하주완 군 · 신부 김동영 양/밀양관아/2018. 6. 24.

을 내딛는 의미는 하등 다를 바가 없다.

그러나 하객들로 하여금 닭 쫓던 개 지붕 쳐다보는 꼴이 되게 만들어 놓고 저희들끼리 훌쩍 신혼여행을 떠나버리는 신식혼례와 신랑·신부를 구심점으로 연 사흘 동안 축제를 벌였던 전통혼례와는 엄청난 차이가 있으니, 서구 개인주의의 산물인 전자에 비하여 후자는 한국인 특유의 공동체의식의 소산이라는 점이다.

## 2

전통혼례에서는 신랑이 신부 댁에서 통상 사흘간 머물게 되어 있었다. 이 사흘 동안에 신부 댁의 청장년들이 육체적으로 정신적으로 신랑을 많이 괴롭혔던바, 이를 일컬어 '신랑달기놀이' 또는 '신랑다루기놀이'라고 한다.

초면인 첫날은 우선 맛보기로 언어유희言語遊戱로 골탕을 먹인다. 이를 통하여 신랑의 인금을 달아보는 것이다.

이 경우, 대체로 신부 댁의 연배가 높은 점잖은 어른들이 물꼬를 트게 마련이다.

"새신랑 성씨姓氏가 어떻게 되시는가?"

"예, 제 성은 김가金哥입니다."라고 해야지, "김 씨"라고 했다간 망신을 당한다. 자신의 성에 '씨'자를 붙일 수 없기 때문이다.

"함자銜字는 어떻게 되시는가?"

이 경우에도 "제 이름은 창렬입니다." 하지 않고 "제 함자는 창성할 창昌자, 세찰 렬烈자입니다."라고 대답했다간 집안을 팔아먹게 된다.

"완장阮丈은 모두 몇 분이신가?"

"숙백叔伯은……?"

'완장'은 남의 삼촌을, '숙백'은 남의 형제를 존대해서 일컫는 말이다. 그 뜻을 몰라 어물어물했다간 가정교육이 도마에 오르게 마련이다.

"사랑에 계시는 분은 자네하고 어떤 관계이신가?"

"가친家親이십니다."

이번에는 제대로 대답했다. 남에게 자기 아버지를 말할 때에는 이 외에도 '가부家父'·'가군家君'·'가엄家嚴'이라고 하며, 남의 아버지는 '춘부장春府丈·椿府丈'·'춘부春府'·'춘당春堂'·'춘정春庭'·'춘부대인春父大人'이라고 지칭해야 옳은 것이다.

"오늘 집에서 나올 때 누가 먼저 나왔는가?"

이는 장가가는 날은 주인공인 신랑이 아버지보다 앞서서 집 밖으로 나서야 하는 예도를 제대로 지켰는지를 물어보는 것인데, 실은 여기에 함정이 도사리고 있다. 이에 걸리지 않으려면, '집에서 나올 때'라는 단서를 반드시 붙여야지, 무심코 '제가 먼저 나왔습니다.'라고 대답했다간 "이 사람아, 자네가 먼저 나오다니, 그럼 자네가 형님이라 그 말인가?"

이렇게 되면 방 안에는 폭소가 터지고, 신랑은 쥐구멍을 찾지 않을 수 없다.

그러나 첫날은 서막에 불과하다. 본격적인 신랑달기놀이는 초야를 치른 이튿날 전개되는 것이다.

이 경우엔 나이 많은 어른들이 아니라, 집안의 짓궂은 청장년들이 주체가 된다.

"낭자郎子."

"예."

"간밤에 누구랑 함께 잤지?"

원래 장난이란, 요구대로 고분고분 들어주면 재미가 없는 법, 신랑도 맞장구를 친다.

"저 혼자 자지, 누구랑 잡니까?"

"좋아. 그럼 모두 달려들어 바지를 홀랑 벗겨놓고 어디 검사를 한번 해볼까?"

"무슨 검사를 한단 말입니까?"

"네 이놈, 너 도둑놈이지?"

"멀쩡한 사람을 보고 도둑놈이라뇨?"

신랑달기놀이

김문식 화백: 「경남말소쿠리」, 2016.7.1.

"이십여 년 동안 금지옥엽으로 길러 논 남의 집 딸을 엇다 팔아먹고 오리발을 내밀고 있어? 처녀를 훔쳐간 도둑놈 발이 얼마나 큰지 어디 한번 재보더라고."

"와아!" 하는 함성과 함께 벌떼처럼 덤비는 데에는 항우장사라도 두 손을 들지 않을 수 없다.

신랑은 졸지에 대들보나 천장에 거꾸로 매달림과 동시에 발바닥에 방망이나 딱딱한 북어짝으로 매타작을 당한다.

"빨리 바른 대로 말해. 같이 잔 그 사람, 엇다 숨겨 놨어?"

"모르겠습니다. 아침에 눈을 떠보니까 없어졌던데요."

뒤이어 초야의 비밀스런 뒷얘기를 낯 뜨거운 질문으로 짓궂게 추궁한다, 집에 들어올 적에 문전에 숲이 많이 우거졌더냐, 문턱이 높더냐 낮더냐, 안방이 얼마나 깊숙한 데 있더냐, 샘물이 많더냐 말랐더냐, 집은 새집이더냐 헌집이더냐, 들어가는 데

애를 먹었느냐 쉽게 들어갔느냐……?

입을 다물고 있으면 대답을 하라고 때리고, 애매하게 대답하면 분명히 말하라고 때리고, 거짓말을 하면 바른대로 대라고 때린다.

드디어 신랑은 더 이상 버티지 못하고 죽는 시늉을 하면서 부엌에 있는 장모에게 살려달라고 소리친다. 장모는 기다렸다는 듯이 얼른 술상을 들인다.

그런데 이 발바닥찜질에는 속뜻이 숨어 있은즉, 중심부인 용천혈湧泉穴을 자극하면 신체 각 부위의 기혈이 막히지 않고 원활하게 순환될 뿐만 아니라, 정력증강·지구력증강·피로해소 등에 탁월한 효과가 있다고 하니 시사하는 바가 크다.

술자리가 끝나면 제2막으로 들어가게 되는데, 이는 신랑과 신부를 하나로 합침으로써 어색함과 이질감을 누그러뜨리는 한판의 여흥이라 하겠다.

"그 사람, 어데 숨겨놨어?"

"이제 그만합시다."

"이 사람 이거, 보통으로 다뤄선 안 되겠네. 발바닥찜질 갖고는 도저히 안 되겠군."

말이 떨어지자마자, 이번에는 신랑의 사지를 잡아들고 달구질을 시작된다.

—어허라, 달구!

—어허라, 달구……!

신랑의 등짝이 방바닥에 쿵쿵 내리쳐질 때마다 건넌방에 있는 신부나 부엌에 있는 장모는 등골이 오싹오싹해진다.

"이래도 안 찾아올 거야?"

—어허라, 달구!

—어허라, 달구……!

"아이고, 당장 찾아오겠습니다. 제, 제발 이거 좀 놔주십시오."

"으흠, 진작 그렇게 나왔어야지, 빨리 앞장서게."

아녀자들로 한 방 가득 차 있는 건넌방 맨 구석자리에 앉아 있던 신부는 얼른 구석에다 머리를 처박고 숨는다.

필사적으로 몸부림을 치던 신부가 마침내 신랑의 실팍한 등짝에 업혀 큰방으로 이동하는 동안, 온 집 안은 박수갈채와 환호성으로 뒤덮인다.

이때를 고대했다는 듯이 장모가 새 술상을 들인다.

구경꾼들이 앞뒤 방문을 꽉 메운 가운데 청년들은 신랑에게 「권주가」를 부르며 신부에게 술잔을 건네줄 것을 강요한다.

잠시 망설이던 신랑은 술잔에 술을 찰랑찰랑 채워 들고 목청을 뽑는다.

잡으시오 잡으나시오
이 술 한 잔을 잡으나시오
이 술은 술이 아니라
백 년 살자는 동배주同配酒요……

“아이고, 새신랑 노래도 참 잘 부르제.”
“장모가 정지에서 오줌을 좔좔 싸고 있겠다.”
으레 이런 소리가 터지는 가운데, 이번에는 신부 차례가 된다. 몇 번 사양하던 끝에 신부의 입에서도 화답가가 흘러나온다.

만금배滿金杯에 술을 부어
섬섬옥수 높이 들어
잡으시오 잡으나시오
이 술 한 잔을 잡으나시오
이 술 한 잔 잡으시면
만수무강하오리다

이때를 놓치지 않고 누군가 잽싸게, 벽장 속에 미리 감추어

두었던 밥그릇과 수저를 끄집어낸다. 아침에 신랑이 먹다 남긴 것이다.

신랑은 두 팔과 두 다리로 신부를 포옹하도록 강요당한다. 그리고 밥을 한술 크게 떠서 신부의 입에 떠먹이되, 그냥 떠 넣는 것이 아니라, 먼저 자신의 입안에 한번 넣었다가 먹이게끔 한다.

이는 할머니가 자신의 입으로 씹은 음식물을 손자 손녀의 입에 넣어줌으로써 골수를 이으려 했던 '심알잇기'와 같은 맥락으로 볼 수 있다.

마지막으로 신랑에게 「사랑가」를 부르도록 한다.

사랑 사랑 내 사랑아
어와 둥둥 내 사랑아
앞을 보아도 내 사랑이요
뒤를 보아도 내 사랑이라……

### 3

대개 이튿날 아침나절이 되면 신랑을 남겨둔 채 상객 일행이 돌아가게 마련이었는데, 신랑을 달던 청장년들은 이때를 놓치질 않고 상객한테서 동상례東床禮 비용을 뜯어낸다.

동상례란, 신랑이 신부 동네 타성바지 어른들과 또래의 청년들을 초대하여 음식을 대접하면서 인사를 올리는 일을 이른다.

| | |
|---|---|
| 東者東房華燭之東也 | 동은 첫날밤에 화촉을 밝힌 동이요 |
| 床者琴瑟和樂之床也 | 상은 금실이 다정하고 화목한 상이요 |
| 禮者古今遺風之禮也 | 예는 예로부터 내려오는 풍습의 예라 |
| 是故不可避也 | 그러므로 피할 수가 없습니다 |

먹물깨나 먹은 신랑인 경우에는 자필로 쓰기도 했지만, 대체로 신부 측 친지 중에서 대필을 해주었다. 장난이 심한 경우에는 '若不履行賣吾母得之만약 이행하지 아니하면, 우리 어머니를 팔아서 행하겠습니다.' 라는 단서를 달기도 했는데, 처족 중에서 누군가 '예끼, 이 못난 사람아, 아무리 자네 자당께서 못났기로서니 동상례 값밖에 안 나간단 말이냐?' 하고 면박을 줄라치면, 상객은 파안대소하며 '뭐, 인제 워낙 폭삭 늙어놔서 동상례 값도 못 받을 거야!' 하면서 주머니 끈을 풀었던 것이다.

상객 일행이 돌아가면, 신랑은 장인·장모를 위시하여 친족들에게 내례內禮를 올려야 했다. 이 의식을 치르고 나서야 비로소 집단의 한 구성원으로 당당해지면서, '장모님'·'처남'·'처수씨' 하고 자연스레 호칭할 수 있었다.

마을 어른들과 타성바지 청년들을 초대하여 푸짐한 동상례도 끝내고, 마침내 저녁상을 물리고 나면, 마당 한복판에 화톳 불이 타오르면서 잔칫집 분위기는 절정을 향해 치닫는다.

풍물이 등장하고 곱사춤이 나온다. 본손과 취객이 한데 어우러지고, 딸네와 며느리들이 덩실덩실 춤을 추면서 마당을 돈다.

## 4

사흘째 되는 날은 신부가 시댁으로 가는 우귀일于歸日이다.

신부 집안의 짓궂은 청장년들은 일부러 방바닥에다 술을 흥건히 쏟아놓고 갖가지 안주에다 재떨이 안에 담긴 꽁초와 재까지 섞어 그 위에다 신랑을 이리저리 밀고 당기고 굴리어 두루마기를 걸레로 만들어 버림으로써 신랑달기놀이의 대단원은 끝난다. 이쪽 가문의 옹골찬 힘을 사돈댁에 과시하기 위함이다. 깨끗한 차림으로 돌려보내는 날엔 사돈댁에서 이런 핀잔을 듣게 마련이었다.

"아이고, 옷이 말짱한 거 보이깐, 그쪽 집안에는 어지간히도 사람이 없는가 보네."

## 5

하기야 달구질 도중에 돌발사고가 발생하는 경우가 종종 있는가 하면, 지나친 모욕적인 언어유희를 받아들이지 못하고 신랑이 자기 집으로 줄행랑을 치는 등 그 폐단 또한 없지 않았던 것도 사실이다. 그러나 신랑달기놀이의 근본취지는 어디까지나 신랑을 동질화시키기 위한 건전한 놀이문화였던 것만은 부인할 수 없다.

오늘날 이 풍속은 거의 사라지고, 극히 일부에서는 예식을 마친 후 가까운 맥주집이나 카페에서 친구들끼리 모여 술을 마시고 노래를 부르며 신랑 신부를 당혹하게 하는 짓궂은 게임을 벌이는 모양인데, 그 도가 지나쳐 과음한 신혼부부가 예약해 놓은 비행기를 놓치는 사례가 있는가 하면, 많은 이들 앞에서 신랑 신부로 하여금 성행위를 연출하도록 강요한다거나, 신부를 웨딩카 트렁크에 싣고 신랑은 속옷만 입힌 채 개처럼 목줄을 걸고 차도를 뛰게끔 하는 사례마저 있다고 하니, 이는 신풍속이 아니라 '광란의 극치'라는 말 외에 달리 표현할 길이 없다.

개인주의에 기초한 서구식 결혼식이 개체와 개체와의 결합임에 반하여, 한국인의 그것은 집체와 집체와의, 가문과 가문과의 결합이었으며, 그리하여 신랑달기놀이는 자기네 가문에 당돌하게 뛰어든 신참자신랑를 철저히 깔아뭉갬으로써 개체× 씨 문중의 자손로서의 가치를 소멸시키고 집체○ 씨 문중의 사위로서의 가치로 동질화시키기 위한 통과의례였던 것이다.

따라서 이전에는 설령 부부간에 뜻이 맞지 않아 피차 갈라서고 싶은 충동이 굴뚝같았어도, 가문의 체면, 장인·장모·처남·처수·동서·처형·처제·시부모·시숙·시고모·시누이 들의 얼굴이 어른거려 자신을 죽여가면서 동질화시켜 갔던 것이니, 으레 늘그막에 이르면 오누이처럼 얼굴과 성격이 서로 닮아 있는 게 한국인의 부부상이었다.

최근 들어 사회문제로 대두되고 있는 신혼부부의 이혼율이 서구인들의 개인주의적 의식구조에 기초한 신식혼례와 무관하지 않을진대, 주체적인 혼인풍습의 새로운 전통수립이 절실한 시점이 아닐까 싶다.

『한국인』, 1989년 9월호

# 초가草家

1976년 전후의 어느 해 가을로 기억된다.

김포공항에 막 첫발을 내디딘 프랑스의 한 유명한 화가를 기자들이 둘러쌌다.

"한국 방문을 진심으로 환영합니다. 방문 목적은 무엇이며, 얼마 동안 체류할 계획이십니까?"

어느 기자의 질문에 벽안의 그 화가는 대답했다.

"한국의 전통가옥인 초가를 캔버스에 담으러 왔어요. 얼마 동안 체류할는지 그 기간은 정확히 말씀드릴 수가 없네요. 전시회를 열 만한 분량이 될 때까지 그려야 하니까요."

그러자 기자들은 서로의 얼굴을 쳐다보며 당혹한 표정을 감출 수 없었다.

새마을사업으로 전국의 초가들이 깡그리 자취를 감추고 말았기 때문이다.

"한국의 초가를 그려 전시회를 열겠다고 마음먹게 된 특별한

초가

동기라도 있으십니까?"

한 기자의 물음에 그는 희열에 넘치는 낯빛으로 말했다.

"1940년대에 한국에 딱 한 번 와 본 적이 있는데, 그때 저는 한국의 산천과 초가에 홀딱 반했지 뭡니까. 아주 홀딱요. 언젠가 꼭 한 번 와서 화폭에 담으려고 늘 벼르고 벼르다 이제야 오게 됐습니다."

다른 기자가 말했다.

"그런데 이거, 어쩌면 좋죠? 새마을사업을 하느라 정부에서 초가를 모두 없앴으니 말입니다."

"아니, 그럼 전국을 통틀어 한 채도 없단 말입니까?"

"민속촌에 가면 볼 수 있습니다."

"맙소사! 그런 데 말고는 단 한 군데도 없단 말이죠?"

기자들이 이구동성으로 그렇다고 하자, 그는 곧장 프랑스행 비행기에 올라 되돌아가고 말았다.

그때 그가 마지막으로 남기고 간 한마디는 너무나 충격적이었다.

"나는 초가가 없는 한국은 상상조차 할 수 없습니다."

마침 그 무렵에 졸작 『쌈짓골』이 『창비』에 연재되고 있던 터라, 나는 감회가 남다를 수밖에 없었다. 현시행정에 눈이 멀었던 당시 박 정권하의 관료들이 실적을 올리기 위하여 채 1년도 안 되는 멀쩡한 초가지붕을 강제로 걷어 내느라 주민들과 몸싸움을 벌이는 여러 현장을 목격한 것이 『쌈짓골』의 창작동기가 되었을 뿐만 아니라, 실제로 작품 속에다 그 장면들을 재현시켜 놓았기 때문이다.

그 화가보다 한발 먼저 들어와 남한 일대를 순례하면서, 한국의 산봉우리와 묘지의 봉분과 초가지붕의 둥그스름한 곡선 들을 두고, '다른 나라에서는 유례를 찾아볼 수 없는 자연미의 극치'라고 찬양한 바 있는 『25시』의 작가 C. V. 게오르규가 다시 이 땅을 찾아온다면 뭐라고 고쳐 말할는지 자못 궁금하다.

'조국근대화'란 미명 아래, 1970년대에 들어 전래의 초가지붕을 슬레이트지붕으로 바꾸고, 소위 프랑스식이니, 이탈리아식이니 하는 국적 불명의 개량주택들이 난립함에 따라 조상 대대로 이어온 주택문화의 맥이 끊기고 말았다.

의식주문화는 그 고장의 풍토와 불가분의 관련을 맺게 마련일진대, 우리의 초가는 이 땅의 풍토 그 자체라 해도 과언이 아닐 터이다. 아득한 예로부터 우리의 선조들은 이 땅에서 생산되는 볏짚·억새·갈대·왕골·띠 등으로 이엉을 엮어 지붕을 이고, 바람벽과 구들에 황토를 사용함으로써 여름을 보다 시원하게, 겨울을 보다 따뜻하게 보낼 수 있는 고유의 건축양식을 창출해내었던 것이다.

마을 뒷산의 둥그스름한 산세와 반달 같은 초가지붕과의 곡선의 일치는 초가만이 가질 수 있는 독특한 멋일 뿐만 아니라, 아주 과학적인 건축공법임은 이미 풍수지리학계에서도 인정한 바이다. 지붕은 땅의 기운과 하늘의 기운과 그 집 내부의 양기가 합일되는 공간으로서, 지붕에서 발생되는 기운이 그 건물 안에 주거하는 사람들의 인체에 영향을 준다고 하니, 조상들의 지혜에 새삼 감탄하지 않을 수 없다.

게다가 선조들은 이 초가지붕의 공간을 아주 효율적으로 활용했다. 여름이면 지붕마다 여물어가는 박들이 주렁주렁 열리고, 가을이면 빨갛게 익은 고추들이 가득히 널려 가을빛을 한껏 명랑하게 발산했으니 말이다. 어디 그뿐인가. 추녀 끝에는 참새들이, 처마에는 제비들이 집을 지어 더불어 살았으니, 이는 조상들의 자연친화사상의 한 단면을 보여준 것이라 하겠다.

하기야 '서라벌에 부자들이 살아서 초가가 한 채도 없다.'는 『삼국사기』의 기록이나, '고려의 도성에 초가를 모두 없앴다.'는 『삼국유사』의 기록을 보더라도, 우리 민족이 태생적으로 초가를 선호한 것은 아니었다. 궁실이나 사찰은 물론, 사대부나 토호 같은 상류계층들은 으레 기와집에서 살았기 때문이다. 말하자면, '부자'보다 '빈자'가 절대다수이다 보니, 어쩔 수 없이 초가를 택할 수밖에 없었다고 보는 편이 옳겠다. 그리하여 예로부터 '초가삼간'이란 말은 바로 한국인의 정서를 대변하는 의미로, 또는 안빈낙도安貧樂道할 수 있는 최소 단위의 주거공간을 비유하는 뜻으로 쓰여왔다.

나는 초가예찬론자이기는 하되, 그렇다고 초가복고주의자는 아니다. 연전에 향리에다 누옥을 신축하면서 초가를 고집하지 못했던 것도, 해마다 지붕을 갈아 이어야 하는 번거로움은 고사하고, 개량품종인 요즈음의 난쟁이볏짚으로는 이엉을 엮을 수가 없기 때문이었다. 그렇다고 한번 이면 2, 30년을 견디는 억새는 엄두도 낼 수 없었던 것이, 인건비가 기와지붕보다 갑절이나 더 든다는 것이다.

월전에 일본 규슈 지방을 둘러보면서 가장 부끄럽고 후회스러웠던 일 중의 하나가 바로 '주택'이었다. 어느 농촌을 돌아다녀 보아도 일본의 시골집들은 전통가옥 일색이었다. 벽돌이나 블록으로 지은 집은 단 한 채도 발견할 수가 없었다. 우리나라보다 10년이나 앞서 농가주택개량사업을 전개했으면서도 그들은 초가지붕을 기와지붕으로 바꾸었을 뿐, 일본 고유의 전통가옥을 고스란히 계승하고 있었다. 적벽돌로 외벽을 쌓아 올리고 옥상 난간을 아스팔트싱글로 마감한 내 2층 양옥이 부끄러운 줄을, 일본 농촌의 전통주택들을 둘러보면서 비로소 깨닫게 되었다.

한국의 전통미를 최대한으로 구현할 수 있는 농가주택 보급을 위해 이제부터라도 민民·관官이 다함께 지혜를 모아야 할 때라고 본다.

『좋은글밭』, 1999년 11월호/ 『밀양문학』, 제23집 재수록

# 다듬이질 소리

88올림픽 개막식 실황 중계방송을 지켜본 이들은 기억할 것이다, 잠실운동장 한쪽에 설치된 초대형 화면에 두 여인이 마주앉아 다듬이질을 하던 실루엣을……, 그리고 그들의 손에 들린 네 자루의 방망이가 연주해내던, 이 지구상의 그 어떠한 악기로도 흉내 낼 수 없는 그 완벽한 기승전결의 절묘한 리듬을…….

나는 당시 거의 전율에 가까운 감동을 맛보면서, 다듬이질 소리야말로 한국적 정서를 대표할 수 있는 농악에 버금가는 또 하나의 빼어난 가락임을 깨닫고 새삼 놀랐다.

그러나 같은 한국인이라 할지라도, 다듬이질 소리를 들어보지 않고 자란 젊은 세대들에겐 외국인의 경우처럼 한낱 청각적 음향에 불과할는지도 모른다. 전체 인구의 8할 이상이 자급자족하던 그 시절에 태어나 자기 집에서 생산한 옷감으로 어머니가 손수 지어주는 옷을 입고 자란 세대만이 공감할 수 있는, 말

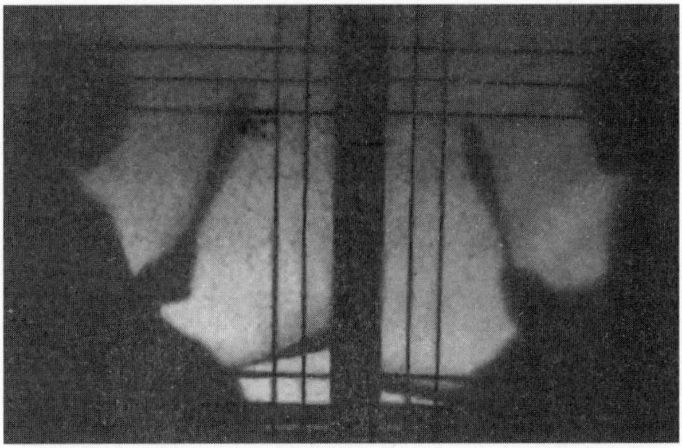
다듬이질

하자면 다듬이질 소리는 그 이면에 함축된 이중적 의미를 이해하지 못하고선 제대로 음미할 수 없는 것이다.

예컨대, 무명의 경우를 보자. 봄에 씨앗을 뿌려 가을에 목화를 수확하기까지의 수고는 오히려 약과라 할 만큼 한 필의 무명이 생산되기까지의 과정은 너무나 번거롭고 고된 것이었다. 우선 목화송이 하나하나를 일일이 씨아질하여 고치를 만든 다음, 물레질로 실을 자아내어 베틀에 올려 짠 베를 삶아 널어 말린다. 다시 쌀풀로 푸새를 하여 완전히 말려, 물에 축여 손으로 만지고 발로 밟는다. 그런 다음 올을 바로잡고 구김살을 어느 정도 편 뒤라야 다듬이질에 들어가게 되는 것이니, 이러한 과정을 모르고서 어찌 그 소리의 참맛을 제대로 음미할 수 있겠는가?

순종 때 빙허각 이 씨가 엮은 『규합총서閨閤叢書』 '도침법擣砧法'에 보면, 옷감의 종류나 색상에 따른 다듬이질 방법을 소상히 소개하고 있다.

> 비단에는 대왕풀을 먹이는데, 특히 쪽빛에는 이것으로 먹여야만 빛이 난다. 진홍색은 대왕풀과 아교풀을 섞어 먹인 다음, 밟아서 살이 오르고 물기가 거의 마른 뒤 홍두깨에 감아 다듬는다. 무명과 모시는 잇꽃 담갔던 진한 누런 물을 조금 넣고, 오미자물에 풀을 섞어 개어 먹여야 푸른빛이 나지 않는데, 이때 풀을 너무 세게 하지 않도록 하여야 한다. 자주색은 풀을 묽게 개어 먹인 뒤 부채질을 하여 약간 마르면 힘껏 밟아 홍두깨에 감아 밀어가며 밟아 다듬는다. 보라색은 생토란을 갈아 그 즙을 먹여 다듬고, 아청색은 아교풀을 먹인다. 흰색 명주는 달걀흰자를 녹말풀에 섞어 쓴다. 무명은 백면가루를 섞어 먹이면 풀이 세면서도 보드랍고 윤이 나며, 모시는 활석이나 녹말을 먹여 다듬어야 빛이 난다.

다듬이질은 새 옷감에만 하는 것이 아니었다. 우리의 재래식 복식은 대개가 평면구성인지라, 빨래를 할 때마다 바느질한 모든 솔기를 죄다 뜯어내어 빨아야 했으므로 그때마다 다듬이질이 뒤따라야만 했다. 따라서 여인네들은 하루도 다듬이질에서 해방될 날이 없었다고 해도 과언이 아니다.

이처럼 다듬이질을 하기까지에는 상상조차 할 수 없을 정도로 번거롭고 고달픈 과정을 거쳐야만 했다. 그러나 그들은 이 일련의 과정을 조금도 소홀함이 없이 지극정성을 다하여 수행하였던 것이니, 대저 그 가족들의 입성은 그 집 아녀자들의 안목과 솜씨를 대변해주기 때문이었다.

때로는 자장가처럼 감미롭고 은은하다가도 이내 천둥이 치듯 격렬해지고, 때로는 목탁소리처럼 경건하다가도 걷잡을 수 없이 난폭해지는 다듬이질 소리. 이는 옷감을 손질하느라 두들기는 단순한 물리적인 음향이 아니라, 시부모에 대한 정성과 공경심, 남편과 자식에 대한 배려와 사랑, 거기에다 시집살이의 한과 고달픔까지 포괄하여 표출했던 심리적인 음률이었던 것이다.

돈만 있으면 언제든지 시장에 나가 자기 치수에 맞는 옷을 마음대로 골라 사 입을 수 있을 뿐만 아니라, 더러워지면 세탁기에 집어넣고 스위치 하나만 누르면 '빨래 끝'이 되는 이 시대의 우리들은 얼마나 편리한 삶을 누리고 있는지 모른다. 그러나 편리함을 얻은 대신 정작 전해져야 할 한국 여인들의 정성과 사랑은 실종이 되고 만 오늘이다.

이제 다듬잇돌은 그 기능을 완전히 상실한 채 민속박물관의 전시물로, 또는 전통찻집의 분위기 창출용 오브제로 전락한 지

오래다.

홍두깨 방망이 팔자가 좋아
큰애기 손길에 놀아난다
아리 아리랑 쓰리 쓰리랑 아라리가 났네
아리랑 고개로 날 넘겨 주소

선머슴들의 이러한 익살스러운 노랫가락도 인제는 그 어디에서도 들어볼 수가 없다고 생각하니 왠지 씁쓸하기만 하다.

『좋은글밭』, 1999년 10월호/『밀양문학』 제23집 재수록

# 일본, 무엇이 우리네와 다른가

—규슈九州 지방 도자기문화 탐방기

지난 7월 중순경, 더불어숲 이광옥 관장이 3박 4일 일정의 일본 관광 회원을 모집 중이라면서 동참 의향을 타진했을 때, 솔직히 나는 선뜻 내키지 않았다. 한평생 살아오는 동안 반일감정이 체질화된 데다, '이 어려운 시기에 하필이면 저들에게 외화를 보태어줄 게 뭐람.' 하는 일종의 반발심이 앞섰던 것이다.

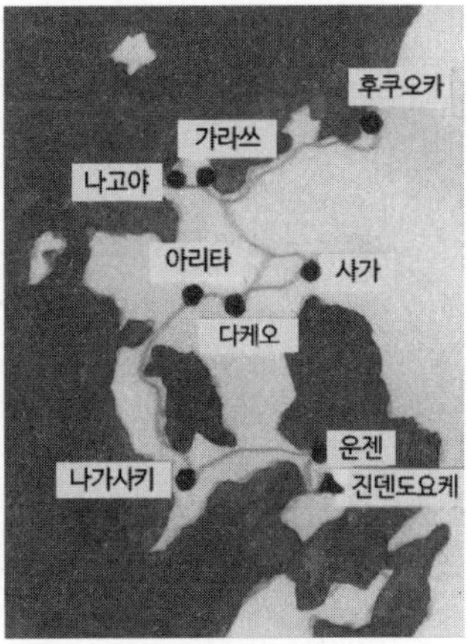


규슈 지방 여행지

그러나 며칠 뒤, 경희한의원 이계홍 관장한테서 규슈 지방, 그것도 북부 지역에 속하는 후쿠오카福岡·사가佐賀·다케오武雄·나고야名護屋·가라쓰唐津·아리타有田·운젠雲仙 화산·나가사키長崎

등지를 순회하며 도자기문화를 탐방할 것이라는 말을 듣고선 구미가 당기지 않을 수 없었다.

규슈라면, 한반도와 가장 근접한 지리적 이점으로 일찍부터 우리 문화를 받아들여 정착시킨, 특히 임진왜란 당시 강제로 끌고 간 우리 도공들 덕분에 오늘날 일본의 도자기 문화가 세계의 정상을 차지할 수 있게 했던 고장이 아닌가!

그리하여 일본의 배은망덕함은 잠깐 접어두고 어디까지나 시혜 민족으로서의 문화적 우월감으로 정신무장을 한 채, 지난 8월 4일 난생 처음으로 일본 땅을 밟게 되었다.

출구로 나서자, 8절 마분지에 서투른 붓글씨로 '더불어숲'이라 쓴 표지판을 들고 우리 일행을 반갑게 맞이하는 이들이 있

후쿠오카 공항에 내린 일행

다. 사회복지법인 메그미めぐみ후생센터에서 나온 통역 담당 후쿠다 아주마福田東 씨를 비롯하여 안내 및 운송을 담당한 사람들이다. 메그미후생센터와의 연계는 이미 오래 전부터 유대를 맺고 있는 새롬복지센터 한양숙 원장의 주선으로 이루어졌다.

기상 관계로 항공기가 무려 1시간 반이나 연착한 것이 마치 우리 쪽의 과실이기나 한 것처럼 그들을 대하기가 좀 미안하다.

일행 19명을 태운 25인승 승합차가 숙소가 있는 다케오 시를 향하여 신나게 달리는 동안, 나는 좌우 차창 밖으로 시선을 내보내며, 이번 여행을 통해 집요하게 물고 늘어져야 할 화두를 떠올린다.

'도대체 무엇이 우리네와 다를까? 한반도에서 건너간 같은 피붙이인 저들이, 한반도로부터 선진문화를 전수받은 저들이 오늘날 세계 정상에 우뚝 서게 된 저력은 과연 어디에서 온 것일까?'

1시간 반쯤 달렸을까? 취사 연료와 채소류를 구입하기 위하여 차를 세운다. '武雄大同青果市場다케오대동청과시장'이란 간판이 눈에 들어온다.

다들 매장 안으로 들어간 사이에 나는 담배를 피워 물고 주차장 주변을 맴돌면서 주위를 살펴본다. 공항에서 내려 여기까지 오는 동안, 그리고 지금 이 자리에 서서도, 희한하게도 다른 나라에 와 있다는 실감이 전혀 나질 않는다. 우리네와 크게 다른 점을 발견하지 못한 것이다. 우리와는 반대로 자동차 운전석이 오른쪽에 위치하고 있어서 맞은편에서 질주해 오는 차량들과 정면충돌을 할 것만 같은 아찔아찔했던 순간을 맛보았으면서도 말이다. 한자로 적힌 이정표와 간판들 때문일까, 엇비슷한 자연경관 때문일까, 아니면 우리네와 거의 구별되지 않는 얼굴 모습이며 입성 때문일까? 주차장 주변의 강아지풀·씀바귀·달맞이꽃·분꽃이며, 감나무·살구나무·매실나무하며, 토란·참깨·호박 들을 둘러보는 동안 나는 꼭 어느 이웃 마을에 놀러온 듯한 착각에 사로잡히고 만다. 게다가 생활폐수가 흘러가고 있는 도랑 바닥에 버려져 있는 음료수 깡통을 발견하고는 일종의 친밀감 같은 묘한 느낌마저 든다.

한참을 기다려도 아무도 나오지 않자, 호기심이 발동되어 뒤늦게 매장 안으로 들어가 본다. 순간, 놀라지 않을 수 없다. 우리나라의 중소도시에서도 흔히 볼 수 있는 그런 규모이건만, 가게 안에 진열된 상품들이 연출해내는 분위기는 전혀 딴판이기 때문이다. '먹을거리'라고 하기보다 '볼거리'라고 표현하는 편이 옳을 만큼, 흠 하나 잡을 데 없이 잘 포장된 신선하고 태깔 고운 청과류들이 저마다 독특한 자태를 한껏 뽐내고 있다. '같은 음식을 두고도 한국인들은 혀로 맛을 보고, 일본인들은 눈으로 맛을 본다.'는 말이 과연 실감이 난다. 참으로 놀라운 것은, 작년 가을에 수확했을 밥사발만 한 굵은 사과들이 얼마나 기술적으로 보관을 잘했는지 아무리 눈을 씻고 살펴보아도 바늘 끝만 한 흠집 한 군데 찾아볼 수가 없다. 게다가 상냥하기 그지없는 아가씨들이 90도로 허리를 꺾으며 손님을 맞는 친절한 태도란 민망하다 못해 오히려 당혹스러울 정도다.

나는 화두의 첫 번째 해답을 찾은 것 같기도 하나, '소비자를 왕으로 섬기는 나라, 친절이 체질화된 민족성' 운운하기엔 성급한 일반화가 될 것만 같아 더 두고 보기로 한다.

울창한 수풀 속에 자리 잡은 다케오 유스호스텔에 도착하자 주위가 막 어두워지기 시작한다.

하늘을 찌를 듯한 수림 속 여기저기에서 수백, 수천 마리도 넘을 듯한 매미들이 '까라까라까라까라……' 하고 아주 특이한 울음소리로 합창하며 이국적 신비감을 한껏 북돋운다.

현관 안으로 들어서자, 눈망울이 유난히 부리부리한 주인이 반색하며 가족별, 남녀별로 세 개의 방을 배정해준다. 다섯 평 정도 되는 넓이에다 양쪽으로 이층침대를 넣어 여덟 명씩 잘 수 있도록 꾸며놓은 아담한 방들이다. 주방과 식당이 꽤 넓긴 하나, 많은 인원이 한꺼번에 들어가 취사를 하자면 불편할 것 같아 난색을 표하자, 냉장고에다 김치를 보관하고 옥외취사장을 이용하라고 한다. 4개조에서 마련해 온 김치가 어떻게나 푸짐한지 대형냉장고 한 칸을 가득 채우고도 남는다.

조별로 저녁밥을 지어 먹고는 잔뜩 피로한 데다 흐린 날씨를 핑계 삼아 어울림마당을 내일로 미루고, 다들 일찌감치 잠자리에 든다.

다케오 문화회관

이튿날 아침, 숙소에서 그리 멀지 않는 다케오 시청으로 향한다. 문화 담당 부서를 찾아가 상호 문화교류를 할 수 있는 단체를 소개 받기 위해서다.

청사가 예상 외로 왜소함에 놀라지 않을 수 없다. 꼭 내일동 동사무소만 한 건물이다. 대기실에서 기다리자 이윽고 어떤 직원이 나와 인근에 있는 문화회관으로 안내한다. 이번에는 규모가 의외로 웅장한 건물을 보고 또 한 번 놀라지 않을 수 없다. 시청사와 문화회관 건물이 뒤바뀐 것만 같다. 드디어 나는 화두가 풀리기 시작한다. 그렇다. 행정기관이란 단지 시민봉사업무기관에 불과할진대, 시설을 가능한 한 축소하고, 반면에 그 여력을 문화기관에다 집중적으로 투자하는 정부! 이것이야말로 우리네와 다른 그 첫 번째 해답이 아닐 수 없다.

아주 널찍한 다다미방으로 안내되어 고령의 세 분 인사와 상견례를 한다. 미리 마련해 간 선물과 『더불어숲』 창간호, 그리고 졸작 『쌈짓골』을 증정했다. 방문 취지를 알리자 '다케오 시 사회교육위원' 등 무려 아홉 개나 되는 직함을 가진 마쓰오 쇼오조松尾善章 씨가 환영인사에 이어 문화회관의 연혁 및 소관 업무에 관하여 브리핑해준다. 그것만으로는 밀양문화원의 그것과 별로 다를 게 없다. 그러나 문학·음악·회화·조각·도예·서예·사진·연극·영화·무용 등 이 지역의 모든 예술 활동이 관내 내부 부속시설에서 이뤄지고 있다는 대목에는 할 말을 잃고 만다. 놀라운 것은 시로부터 약간의 재정적 지원만 받을 뿐 어디까지나 민간인들이 자체적으로 운영하고 있다는 점이다.

이어 사가현 중요무형문화재인 에구찌 카츠미江口勝美 씨는 '도자기 선배의 나라 한국에서 오신 더불어숲 여러분을 환영한다.'고 운을 뗀 다음, 한영실 씨를 소개해준다. 일본 정부에서는 도조陶彫:도자+조각 예술의 국제적 교류를 명목으로, 한국을 위시하여 중국·미국·영국 등의 대표 작가들을 초빙하여 4개월간 작품 활동을 하게끔 지원하고 있다는 것이다.

우리는 마쓰오 씨로부터 상호문화교류를 할 수 있는 단체를 찾아내어 연락해주겠다는 약속을 받아낸 데 이어, 에구씨 씨의 안내를 받아 각국 도조 작가들의 작업실을 둘러볼 수 있는 기회를 얻었다. 한영실 씨의 작업실에 들어서자, 대포알이 흉부를 뚫고 들어가 있는 소녀의 입상이 시선을 사로잡는다. 팔이 안으로 굽어서가 아니라, 다른 나라 작가들의 작품에 비해 단연코 돋보인다.

나는 농담 삼아 한마디 건넨다.

"결코 이삼평李參平*이 되어선 안 됩니다. 마지막 한 가지만은 깊숙이 숨겨놓은 채 절대로 내어놓지 마십시오."

그러자 그녀는 겸손하게 자신도 아직 그 '한 가지'를 터득하지 못했다고 한다. 누구든지 가져갈 수 있도록 작업실 입구에다 비치해 둔 3, 4종의 카탈로그를 보니, 그녀는 이미 국내에서는 물론, 미국과 프랑스에서도 전시회를 연 경력이 있는, 도자 예술의 새로운 변경을 개척하고 있는 독보적인 존재로 평가받는 중견 작가이다. 특히 수백 개의 해골 두상, 혹은 토르소 등을 한 끈에다 연결하여, 더러는 허공에 매달기도 하고 더러는 땅

* 정유재란 때 나베시마 나오시게鍋島直茂에게 납치되어 처음에는 사가 부근에 있는 타구多久에서 질그릇을 굽다가, 1616년 아리타의 이즈미泉 산에서 백자의 원료인 광맥을 발견하여 조선백자를 재현하는 데 성공함으로써 조선의 국위를 선양함과 동시에 아리타의 영광을 이룩한 '일본 도자기의 조상'으로 일본인들로부터 신처럼 숭앙받고 있다.

위에다 내던짐으로써 자신을 포함한 인간의 존재, 연緣·업業 등을 표현한 일련의 작품 사진을 대하면서, 나는 섬뜩한 전율과 함께 강렬한 감동을 맛본다.

오늘밤 숙소로 초대하고 싶다고 하자 그녀는 쾌히 승낙한다.

나고야성 박물관

나고야 성터로 향한다. 16세기 말 도요토미 히데요시豊臣秀吉가 한반도와 중국 대륙을 침공하기 위해 군·민 20만 명을 동원하여 불과 5개월 만에 축조한, 총면적이 17만$m^2$에 달하는 당시로서는 오오사카大阪 성 다음으로 큰 성이었다고 한다.

나고야 시가 가까워지면서 이정표에 한글이 병용되어 있는가 하면, 현지에 도착하고 보니 높다란 국기게양대에 태극기가 일장기와 나란히 나부끼고 있다.

우선 우리나라와 공동출자하여 건립했다는 박물관 안으로 들어가 본다. 관장이 몸소 현관까지 나와 영접한다. 우리 정부에서 파견된 여직원 한 분이 통역을 해준다.

하나로 탁 트인 드넓은 전시장 내부를 '나고야 성 이전원시에서 중세에 이르기까지', '역사 속의 나고야 성임진왜란·정유재란 당시', '나고야 성 이후에도江戶시대 이후 근·현대에 이르기까지', '특별사적 나고야 성적城跡 및 진적陣跡 성터 및 진터의 발굴조사 성과와 출토 유물' 등 4개의 코너로 구분하여 다양한 자료들을 전시해놓았다. 한글판 카탈로그를 들고 전시장 구석구석을 둘러본다.

그런데 정작 우리 밀양 출신인 사명대사에 관한 자료는 단 한 점도 없지 않은가!

게다가 '명성황후'를 '민비'로 표기한 대목도 여간 눈에 거슬리지 않는다. 한국인 직원에게 당장 시정하도록 강력하게 요구하자 쾌히 응해준다. 하지만 과연 바로잡히게 될는지 자못 의심스럽다.

자료들을 제작하는 과정에서 한국의 관료와 전문가들이 배제되었을 리 만무할 텐데, 그렇다면 그들은 무엇을 했단 말인가? 이정표에다 한글을 병기하게 한다든지, 국기게양대에다 태극기도 함께 나부끼게 한다든지, 한글판 카탈로그도 함께 비치하게 하는 따위의 현시적인 것에만 매달릴 줄 알았지, 정작 중요한 것은 챙길 줄 몰랐던 당시의 관계자들이 한심스럽기 짝이 없다. 어디 그뿐인가. 병자수호조약에서부터 최근의 한일어업 협정에 이르기까지 우리는 얼마나 많이 일방적으로 당하기만 해왔던가! 철철이 혈세를 들여 일본 나들이를 밥 먹듯 하는 국회의원, 도의원, 시의원 나리 들은 도대체 여기에 와서 무엇을 보고 갔단 말인가!

바로 옆자리에 위치한 나고야 성터에는 수백 년 묵은 고목들이 빽빽이 우거져 밀림을 이루고 있다. 아름드리 둥지마다 콩란이며 고란초 들이 군락을 이루어 서식하고 있건만 손끝 하나 스치고 지나간 흔적이 없다.

혼마루本丸에서 점심을 먹고 나서 최정상인 천수대天守臺에 올라 잔뜩 찌푸린 바다 건너 한반도 쪽을 바라보노라니 만감이 교차한다. 율곡의 10만 양병설에 조정에서 조금만 귀를 기울였던들 당시의 환란을 능히 막을 수 있었을 것이 아닌가!

나고야에서 가라쓰로 가는 도중에 나나츠가마일곱가마에 들르기 위해 잠시 차를 세운다.

깎아지른 듯한 주상절리의 절벽이 오랜 세월 동안 파도에 침식되어 생성된 일곱 개의 해식동굴이 절경을 이루고 있다고 하나, 10여 분을 걸어야 한다는 안내자의 말에 나는 후쿠다 씨와 담소를 나누기로 작정하고 차 안에 남는다.

그는 올해 76세의 고령으로 한쪽 다리가 약간 부자유스러운 장애인임에도 현재까지 행정서사로 일하고 있다고 한다. 우리말이 하도 유창하여 어제 만나는 순간부터 재일교포인 줄로 알았는데, 알고 보니 토박이 일본인이다. 어렸을 때 부모를 따라 한국에 나와 23세까지 전남 담양에서 농사를 짓다가 종전과 동시에 귀국했다는 것인데, 한국에서는 '쪽발이'라고, 일본에서는 '조센징'이라고 따돌림을 당하느라 젊은 시절에 마음고생을 꽤나 했다고 술회한다.

니지노마쯔바라의 소나무들

이윽고 가라쓰로 향한다. 얼마를 달렸을까, 일행이 이구동성으로 탄성을 지르며 차창 밖으로 시선을 쏟는다. 해풍을 받아

제멋대로 구부러지고 뒤틀어진 아름드리 소나무들이 한껏 운치를 돋우며 끝없이 펼쳐져 있다. 니지노마쯔바라虹の松原란 곳이다. 16세기 말부터 바람과 조수를 막기 위해 400~700m나 되는 폭에 7.5km에 달하는 해안선의 사구를 따라 해마다 조림사업을 추진한 결과, 오늘날엔 수백 년 묵은 노송에서부터 어린 치송에 이르기까지 물경 일백만 그루가 넘는다고 한다.

무엇이 우리네와 다른가? 나는 화두에 대한 두 번째 해답을 얻는다. 그것은 바로 그들의 뛰어난 치산치수정책治山治水政策이다.

일본에 오기 전까지 우리나라도 녹화사업의 성공으로 이전의 금수강산을 되찾게 되었다고 자부해 왔던 자신이 부끄럽기 짝이 없다. 과연 우리나라에도 치산치수정책이 있는가? 있다면, 어째서 양국 간에 이렇게 큰 차이가 난단 말인가? 삼나무·편백·향나무 등 어느 산을 둘러봐도 경제림 일색인 일본에 비해 우리는 백 년을 키워 봤자 단돈 한 푼도 되지 않는 잡목 일색이니 말이다.

3시 30분경에 가라쓰 성터 입구에 도착하여 돌계단을 하나하나 밟아 오른다. 시의 상징이라고 할 만한 이 성은 일명 무학성舞鶴城이라고도 불리는데, 한동안 폐성으로 방치되어 있다가 명치시대에 이르러 공원을 조성하는 한편, 5층짜리 천수대까지 신축하여 1층은 성지광장으로, 2, 3층은 상설전시장으로, 4층은 기획전시장으로, 5층은 전망대로 활용하고 있다고 한다.

가라쓰 성

5층 전망대에서 바라보는 가라쓰 만의 리아스식 해안은 우리나라의 다도해를 연상할 만큼 아름답다. 그런데 기후 탓인지, 출입금지 구역으로 지정된 탓인지, 아니면 다들 국외로 빠져나간 탓인지, 이상하게도 설원처럼 끝없이 펼쳐져 있는 모래사장 그 어디에도 사람이라곤 그림자 하나 눈에 띄질 않는다.

귀로에 어느 백화점에 들러 일본식 우동과 짬뽕으로 저녁을 먹고 쇼핑까지 하다 보니 10시가 넘어서야 숙소로 돌아온다.

한영실 씨에게 전화를 걸어 사정을 이야기하고 내일 밤에 꼭 모시겠다고 약속한다.

아침 일찍 밖으로 나가자, 온 호텔 안이 한국에서 온 학생들로 붐빈다.

안양청소년회관에서 단체로 왔다고 한다. 20여 년 전 어느 여름에 유럽에 갔을 때, 청소년들이 삼삼오오 짝을 지어 이웃 나라를 제 집 드나들듯 자유로이 여행하는 광경을 바라보면서, 그 시간에 찜통교실에서 보충수업을 받고 있을 우리나라의 청소년들을 떠올린 기억이 난다. 인제는 우리나라의 교육정책도 제대로 가닥을 잡아가는 것만 같아 여간 흐뭇하지 않다.

아침밥을 먹고 아리타로 향한다. 아리타는 아리타야키有田燒의 본고장이다. 시가지에는 무려 140여 군데의 요원窯元이 있으며, 도산신사陶山神社를 위시하여 규슈 도자기문화관·아리타 도자기 미술관 등이 자리 잡고 있는, 한마디로 도자기의 도시이다. 길가 양측에 '李○○氏窯이○○씨요'라는 식으로 한국인 이름을 딴 가게들이 즐비한 점으로나, '李參平區이삼평구'라는 행정구역명까지 있는 점으로 보아, 이삼평이 이 고장에 끼친 영향이 얼마나 지대한가를 짐작할 수 있다.

도산공원 입구에 있는 도산신사의 돌층계를 한참 밟아 오르자, 백자로 만든 웅장한 도리이鳥居*가 나타난다. 전 세계에서 단 하나밖에 없는 진귀한 것이란다. 정면으로 보이는 축대 위에 우뚝 서 있는 본당을 향해 한 걸음 한 걸음 옮기면서 나는 착잡한

* 일반적으로 신사의 입구에서 발견되는 전통적인 일본의 문. 불경한 곳과 신성한 곳을 구분짓는 경계를 뜻한다.

도산신사 전경

심정에 빠져든다.

이삼평의 업적을 기리기 위해 아리타 시에서는 매년 4월 29일부터 5월 5일까지 도자기축제를 여는데, 아리타 역을 기점으로 해서 약 4km에 이르도록 무려 7백여 개에 달하는 도자기 노점들이 들어서서 장관을 이룬다고 한다.

계단을 디디고 본당으로 올라가 본다. 사찰의 대웅전을 방불케 하는 본당 건물 내부의 정중앙 가장 높은 자리에, 부처님이 앉아 있음직한 바로 그 자리에, 아 저게 무엇인가, 막사발 한 점이 댕그랗게 놓여 있지 않은가! 이삼평 도조가 이 땅에 와서 맨 처음으로 빚었던 작품이라고 한다. 조선 땅에서 생을 마감했더라면 이름 석 자도 남기지 못했을 천민에 불과한 일개 도공이 이 땅에 와서 신으로 섬겨지고 있다는 사실이 믿어지지 않는다. 조선 땅에선 천민들의 밥그릇으로나 쓰였음직한 막사발을 저렇게까지 신격화하다니! 나베시마가 이삼평을 납치해 배에 싣고 오는 장면을 재현해 놓은 벽화를 보면서 나는 월척 대어를 낚아낸 흥분에 휩싸인다. 일본 관광객을 흉내 내어 처마에 매달린 요령을 쩔렁쩔렁 흔들고 나서 경건한 마음으로 합장을 올린다.

아리타 산 뒤쪽에는 이삼평 도조가 발견했던 백자 원료 광맥이 엄청나게 큰 두 개의 동굴로 남아 있으며, 그 입구에 '李參平發見之磁鑛地이삼평발견지자광지'라 새겨진 기념비와 함께 가마 모형이 있다고 하나, 갑자기 폭우가 쏟아지는 통에 올라갈 수가 없다. 다만 이 원장만이 어느 틈에 폭우를 뚫고 다녀왔는지, 아리타 시가지가 한눈에 내려다보이는 언덕 위에 '陶祖李參平碑도조이삼평비'라고 새겨져 있는 비석을 보고 왔노라고 자랑한다. 아쉽지만 그것으로 위안을 삼는다.

지척지간에 위치한 사가현립 규슈 도자기문화관으로 자리를 옮긴다. 우선 그 어마어마한 규모에 입이 딱 벌어지고 만다. 3층 건물 내부에 5개의 전시실을 갖추고 있다. 먼저 고정전시실에 들어서자 규슈 도자기의 역사를 한눈에 볼 수 있도록 실물·도표·연표·사진 등을 전시해 놓고 있다. 특히 눈길을 끄는 것은 캄바라컬렉션으로, 마치 일본 도자기의 정수들을 한자리에

도자기박물관에 전시된 다양한 이마리야끼

총집결시켜 놓은 것 같다.

나는 마침내 그들이 우리네와 다른 세 번째 해답을 찾아낸다. 예로부터 자랑해온 소위 '야마토타마시大和魂'*, 또는 '화혼양재和魂洋材'**로 대표되는 그들의 민족혼이 그것이다. 그들은 우리의 도자기 기술을 도입하여 마침내 적색과 금색을 이용한 호

* 일본 고유의 민족정신. '화和'로써 단결되는 집단정신으로 개성보다 협동, 부분보다 전체를 중시하는 단결심을 의미한다.

** 일본혼에 서양의 기술을 합침.

화찬란한 '올드 이마리古伊万里'* 양식을 창출해 세계 도자기시장을 석권할 수 있었던 것인즉, 그야말로 '재주는 곰이 하고 돈은 되놈이 번 꼴'이다. 어디 그뿐인가? 컴퓨터·팩시밀리·트랜지스터라디오 등을 두고, 한때 '개발은 미국에서, 생산은 일본에서'란 말이 유행되었던 것을 상기해 보라. 팩시밀리의 경우, 일찍이 1920년대에 미국의 벨 연구소에서 발명해 놓고도 생산원가가 너무 비싸게 먹히는 통에 경제성이 없다고 판단하고 창고에 방치해 두었던 것을 약삭빠르게도 일본 기업인들이 헐값으로 사들여 상품화하는 데 성공했던 것이다. 일개 천민에 불과한 도공을 잡아가 신격화한 것도 결국 같은 맥락이라 하겠다.

그렇다. 남의 기술을 받아들이되, 어디까지나 전통적 바탕 위에서 자기 것으로 재창조하는 화혼양재 정신이야말로 내가 풀고자 하는 화두의 가장 핵심적인 해답이 될 것이다.

제5전시실 내부에는 시바타 부부가 평생토록 모아 기증했다는 1,200점의 도자기들이 아리타 도자기의 역사적 변천을 일목요연하게 알아볼 수 있도록 전시되어 있다.

* 이삼평에 의해 아리타는 일본에서 최초의 자기 생산지로 알려지게 되고, 그 뒤 채색 공정기법의 개발로 화려한 제품이 연이어 생산되었으며, 이들 자기들이 이마리 항을 통해 국내뿐만 아니라 유럽 등지로 수출됨에 따라 '고이마리古伊萬里' 또는 '올드 이마리'라고 불리게 되었다.

아리타를 작별하고 운젠雲仙 온천으로 향한다.

일본에는 무려 200여 개의 화산이 있는데, 그중에서 현재 활동하고 있는 활화산이 85개나 된다고 한다.

운젠다케雲仙岳 남쪽, 해발 700m의 고원지대에 펼쳐져 있는 '운제지고꾸雲仙地獄'가 그 중심지로서 여느 온천과는 달리 온천수와 분연噴煙이 지표면으로 솟아오르는 것이 특징이다.

1991년 6월 주봉1,359m에서 치솟은 대규모 용암이 최고 시속 200km의 속도로 흘러내림으로써 취재 중이던 기자 등 37명이 사망하고, 수십 명이 중화상을 입었으며, 인근 산기슭의 민가 100여 채가 소실되고 주민 1만여 명이 긴급 대피하는 소동이 일어났다고 한다. 게다가 그 이듬해에도 대폭발이 일어나 1

운젠 화산지옥

만 5천 명의 목숨을 앗아갔을 뿐만 아니라, 해안으로 용암이 흘러들어 지도를 바꿔 놓기까지 했다니 어쩐지 불안하다.

현장에 이르자, 과연 유황 냄새가 코를 찌르는 가운데 메마른 땅바닥에서 운무와도 같은 기체와 펄펄 끓는 온천수가 계속 솟아오르고 있다. 그 위로 설치해 놓은 나무다리를 타고 통과하여 좀 더 위쪽으로 올라가 본다. 실족을 하는 날에는 금세 통째로 삶기고 말 것만 같다. 어떤 노파가 분연에 익힌 계란을 팔기에 여덟 개 들이 한 봉지를 사서 나누어 먹어보니 유황 냄새가 나는 그 맛이 아주 독특하다.

무좀에 좋다고 하기에 길섶으로 졸졸 흐르는 도랑물에 맨발을 담가본다. 분출된 지 오래 되어 그런지 미지근하다.

날씨가 궂음에도 불구하고 관광객들이 꽤나 많이 모여든다.

그런데 아무리 둘러보아도 음식점이나 잡상인들이 눈에 띄질 않는다, 예의 삶은 계란을 판 노파 외에는……. 조금 전에 라면을 끓여 먹은 대촌만공원도 예외가 아니었다.

나는 여기에서 우리네와 다른 네 번째 해답을 찾아낸다. '일본인은 검소하다.'

어느 관광지를 가보아도 꼭 필요한 편의점만 한두 군데 있을 뿐, 우리나라처럼 그 흔하디흔한 러브호텔이니 가든이니 노래방 따위가 전혀 없다는 사실이다. 관광지에 숙박업소나 음식점이 번창하는 나라는 우리나라밖에 없다는 것이 외국 여행을 자주하는 이들의 공통되는 지적이고 보면, 우리는 관광을 눈과 마음으로 하는 것이 아니라, 혀와 몸으로 하는 건 아닌지 숙고해 볼 일이다.

오늘의 마지막 코스인 나가사키를 향해 가는 도중에 운젠아마쿠시雲仙天草 국립공원의 진덴도요케仁田峙에 들르기로 한다.

하늘을 가린 삼나무들이 울울창창 우거진 숲속으로 꼬불꼬불 뚫린 구절양장을 따라 숨가쁘게 오르던 차가 고갯마루에 이르러 일행을 부려 놓는다.

잔뜩 흐렸던 날씨가 언제 개었는지 햇빛이 쨍쨍하다. 큰소리로 외치면 들릴 듯한 거리에 해발 1,399m나 되는 후겐다케晋賢岳의 정상이 쪽빛 하늘과 맞닿은 채 위용을 자랑하고 있다. 방금 지옥을 구경하고 오는 참이라, 내친김에 케이블카를 타고 천당에 한번 올라가 보고 싶지만 그랬다간 나가사키까지 갈 수가 없다고 한다. 비석에 새겨져 있는 대지선사大智禪師의 한시 한 수를 옮겨 적는 것으로 만족할 수밖에 없다.

地獄天堂二念中 지옥천당이념중
回光一念本來公 회광일념본래공
空空寂寂非他物 공공적적비타물
暗上松靑躑躅紅 암상송청척촉홍

나름대로 의역해본다.

지옥과 천당을 놓고 번민하다가
회광에 임하고 보니 아예 없음이여
없음과 외로움은 그게 그것이건만
벼랑 위의 솔은 푸르고 철쭉은 붉기만 하네

그렇다. '색즉시공'·'공즉시색'은 만고의 진리가 아닐 수 없다. 그리고 지옥이니 천당이니 하는 건 한낱 방편어에 불과할 따름이다. 이승이 다름 아닌 지옥이 될 수도 있고 천당이 될 수도 있음이니, 올바르게 살아 마음이 편하면 그게 바로 천당이요, 죄를 짓고 괴로워하면 그게 바로 지옥이 아니겠는가. 그런데 오늘날엔 많은 사람들이 죄를 짓고도 부끄러워하고 괴로워할 줄을 모르니 그게 문제이다.

가파른 비탈을 한동안 곡예하듯 내려온 차가 이번에는 한참동안 해안선을 옆구리에 끼고 달린다. 다소 지리한지, 젊은이들과 꼬마들이 어울려 왁자지껄 떠들어대기 시작한다. 노래를 부르는가 하면, 손뼉까지 쳐대면서 신나게 놀이판을 벌인다. 참다못해 한마디 해준다, 창밖을 내다보면서 어떤 점이 우리네와 다른지 좀 생각해보라고, 노래를 부르기 위해서 일본에까지 온 것은 아니지 않느냐고……. 그러나 잠시 그때뿐, 다시 소란스럽기 짝이 없다. 그래서 임어당林語堂도 '여행은 혼자서 떠나는 것'이라 했던가.

1945년 8월 9일, 미국의 원폭투하로 24만 시민 중에 15만이 사망했다는 나가사키에 당도한다. 언제 그러한 피해가 있었느냐는 듯, 초현대식 고층빌딩들이 즐비해 있는 가운데 길거리에 걸어 다니는 시민들은 저마다 활기에 넘쳐 있는 모습이다. 오랜만에 전차 구경도 해본다.

원폭에 희생된 이들을 기리기 위해 만든 평화공원平和公園, 헤이와코우엔으로 향한다.

매년 8월 9일 이 공원에서 평화기념식을 거행한다더니, 이틀 뒤에 있을 행사를 위해 가설무대를 만드느라 한창 분주하다.

자료관에 전시된 1,300여 점의 자료와 11시 2분인 채 정지된 시곗바늘, 변형된 유리병 등이 당시의 참혹했던 모습을 그대로 간직하고 있다.

북쪽 언덕 위에 버티고 앉은 10여 미터 높이의 평화염원상이 퍽 인상적이다. 수직으로 번쩍 들어 하늘을 가리키고 있는 오른팔은 원폭의 위협을 경고하고, 수평으로 길게 뻗친 왼팔은 평화를 기원하는 의미를 담고 있다고 한다.

평화염원상

숙소로 돌아와 저녁밥을 지으면서 한영실 씨에게 전화를 걸자 이내 택시를 타고 달려온다.

보름달마냥 반공에 높이 달린 외등의 조명을 받으며 잔디밭에 빙 둘러앉아 함께 식사하면서 담소를 나누다 보니, 어느새 십년지기인 양 가까워진다. 아니, 100년 혹은 200년 전쯤, 바로 이 규슈, 아니면 쓰시마 섬 어디쯤에서 우리는 오순도순 정을 나누었던 그런 연분이었는지도 모를 일이다.

규칙상 11시가 되면 현관문을 닫아야 한다는 관리인의 말에 방 안으로 자리를 옮겨 노래와 춤으로 이국에서의 마지막 밤을 아낌없이 불사른다.

여러 가지 아쉬움을 남긴 채, 오늘은 귀국길에 오르는 날이다. 미처 먹지 못한 엄청나게 많은 김치를 한영실 씨에게 주고 가기로 하고 전화를 걸었더니, 총알같이 달려온다. 함께 기숙하는 동료들이 평소에 '기무치'를 즐겨 먹으면서도, 도무지 '김치' 맛이 나질 않아 불만이 많던 차에, 떡 본 김에 굿한다고, 오늘 저녁에는 푸짐하게 '김치파티'를 열어야겠다면서 좋아한다. 그랬구나. 김치 한 가지만이라도 조상들에 대한 체면을 유지하고 있다니, 그나마 다행한 일이다.

공항을 향해 가는 도중에 그동안 신세를 진 메그미후생센터를 예방한다. 건물이며 운동장의 규모가 학교를 방불케 한다.

후지학원 이사야마諫山眞司 원장을 위시한 임직원 일동이 일행을 반긴다. 한쪽 눈에 안대를 댄 그는 90도로 허리를 굽혀 절을 한 다음, 재단의 연혁을 설명해준다.

1960년 10월 중순경에 문을 연 이래, 현재 메그미원めぐみ園·후지학원富士學園·오리부료おりふ療 등의 부속기관을 갖추고서 정신장애자들을 대상으로 그들이 사회적·경제적으로 자립할 수 있도록 교육하고 치료해준다고 한다. 정원은 총 240명이며, 매달 정부에서 원생 1인당 18만 엔한화 약 190만 원씩 지원해줄 뿐만 아니라, 많은 단체들로부터 후원을 받는다는 것인데, 놀랍게도 이런 시설이 일본 전역에 걸쳐 무려 3천여 군데나 있다고 한다. 무엇이 우리네와 다른가? 나는 그 마지막 해답을 얻어내면서 갑자기 콧등이 시큰해지고 만다.

원장의 안내로 강의실을 위시하여 강당·기숙사·작업실·의료실·식당·화장실 등을 두루 둘러본다. 호텔보다 더 깨끗하다. 복도에서 마주치는 원생들마다 깍듯이 허리를 굽혀 인사를 하는데, 어쩌면 그 인상들이 한결같이 맑고 밝을 수 있을까?

준비해 간 선물을 전달하고 작별인사를 나눈 뒤 막 출발하려는데, 한 여직원이 다급하게 뛰어 나오며 차를 세우더니, 평소에 원생들이 정성스레 만든 예쁜 꽃들을 한아름 건네주는 것이 아닌가. 나도 한 송이 받아들고서 생화가 아닌 조화에서도 향기가 난다는 사실에 놀란다. 코로는 맡을 수 없는, 오로지 마음으로만 맡을 수 있는 사랑과 정성의 향내인 것이다.

이 원장의 뛰어난 아이템 덕분에 알찬 여행을 한 셈이나, 3박 4일이라는 짧은 일정으로 일본 열도의 엄지발가락 한 개를 어루만져보았다고나 할까, 따라서 내가 얻어낸 '해답'도 어쩌면 '장님 코끼리 말하듯' 성급한 일반화일는지도 모른다. 다음에 또 일본 여행을 한다면 나는 서슴지 않고 규슈를 택할 것이다. 그래서 이 원장도 세 번째 걸음을 한 것일까?

후쿠오카 공항을 향해 달리는 차 속에서 나는 그동안 나름대로 풀어낸 화두의 해답을 정리해 본다.

대화혼, 화혼양재 정신.

문화제일주의.

치산치수정책.

근검절약 정신.

복지정책.

그리고 첫날 유보했던 '친절'을 추가해 여섯 가지로 채운다.

다자이후의 어느 우동전문점에서 850엔짜리 돈면으로 요기를 하고 12시 반에 공항에 도착한다.

850엔짜리 돈면

나흘 동안의 피로도 잊은 채 최후의 순간까지 우리 일행을 안내해준 후쿠다·후루카와 양 씨와 악수를 나누고 탑승구로 빠져나간다.

김해공항에 내리자, 갑자기 덥다는 생각이 든다. 날씨 탓만은 아닐 터이다. 준공한 지 4개월도 채 안 되는 후쿠오카 공항 청사와 20년도 더 되는 김해공항 청사는 비교하지 않기로 하자. 그러나 90도로 허리를 굽혀 은방울을 굴리는 듯한 목소리로 승객들을 친절하게 환송해주던 후쿠오카 공항의 남녀 직원들과 아예 승객 따위는 안중에도 없이 껌을 쩍쩍 씹으며 저희들끼리 낄낄거리는 김해공항의 남녀 직원들은 그냥 넘길 수가 없다.

주차장에 맡겨두었던 봉고차를 타고 밀양으로 향한다. 일본에서 그랬던 것처럼 차창 밖으로 시선을 내보낸다. 잡목들이 무성한 산은 그렇다 치고, 전통을 고수한 일본 농촌의 개량주택과 시멘트와 페인트로 칠갑한 우리의 농가 개량주택과의 비교는 뭐라고 설명해야 할 것인가!

한동안 신나게 달리던 차가 거북이걸음으로 바뀌면서, 앞뒤의 차들이 다투어 빵빵댄다. 그러고 보니, 꽤 오랜만에 들어보는 소리다. 3박 4일 동안 규슈 지역을 돌아다니면서 우리가 들을 수 있었던 클랙슨 소리는 나가사키 시 어느 공사장 부근에서 들었던 딱 한 번밖에 없었다.

앞차의 차창 밖으로 날아 나온 음료수 깡통이 길섶으로 떨어져 떼굴떼굴 굴러간다. 순간, 다케오 청과시장의 주차장 도랑바닥에 버려져 있던 그 깡통이 어쩌면 한국 관광객의 소행일는지도 모른다는 생각이 든다.

나는 화두 풀이에다 '공중도덕' 한 가지를 더 추가하지 않을 수 없다.

우리는 걸핏하면 일본을 따라잡자고 한다. 그러나 어디 말만으로 될 법이나 한 일인가!

시선을 거두어들여 공항 매점에서 산 일간지를 펼쳐 든다.

—4자회담, 북대표 외화 준다면 미사일 중단 · 범민련 전국연합대표 방북, 김강용 6차 공판 유종근 지사 출석…….

갑자기 눈시울이 뜨거워지는 것은 무슨 까닭일까?

『밀양문학』 제12호, 1999

# 제2부

# 어떤 교감선생님

S중·고교에 근무했을 때의 일이다.

새로 부임해 온 중학교 국어과 여교사가 연구수업을 하게 되었다. 당시 2학년 교과서에 실려 있던 김상옥金相沃의 「시조는 어떻게 짓는가」라는 단원이었다.

그녀는 시종 침착하게, 그리고 원만하게 수업을 마쳤으며, 평가회에 참석했던 동료교사들은 모두 그녀의 수업을 호평했다.

그런데 교장을 대리하여 그 자리에 참석한 교감선생의 강평은 전혀 뜻밖이었다.

"저는 전공이 국어 과목과는 거리가 멉니다만, 한마디 불만을 털어놓지 않을 수 없습니다.

인용문인 「그네」라는 시조가 하도 좋아서 한번 적어봤습니다. 둘째 연을 읽어보겠습니다.

어룬님 기두릴까 가비얍게 내려서서

포란 잠 빼어 물고 낭자 고쳐 찌른 담에
오지랖 다시 여미며 가쁜 숨을 쉬도다

선생님께서는 이 시조를 그저 낱말풀이만 하고 넘어가셨는데, '포란'이란 낱말을 통해서 결코 외국어로는 옮길 수 없는 우리말의 우수성을 강조했어야 옳다고 봅니다. '포란'이란 단어 하나만 놓고 봐도, 파란, 푸른, 푸르께한, 퍼런, 시퍼런, 포르스름한, 푸르스름한, 푸르데데한, 푸르뎅뎅한, 푸르디푸른, 푸르죽죽한, 얼마나 그 뉘앙스가 다양합니까. 세계 어느 나라의 언어도 이처럼 다양한 뉘앙스를 나타내는 언어는 없습니다. 이런 것을 강조함으로써 학생들에게 우리말을 소중히 여기고 사랑하는 마음씨를 길러줘야 하는 것입니다.

또 한 가지, 한창 신나게 그네를 뛰던 여인이, 땔감을 장만하려 산에 갔다가 돌아온 남편이 점심상을 기다릴까 봐, 그네에서 사뿐히 뛰어내려 몸단장을 새로이 하고 가쁜 숨을 쉬는 장면에서는 절도 있는 한국의 여인상을 부각했어야 옳다고 봅니다."

교감은 강조했다. 자습서에 있는 내용을 그대로 가르치는 데 그칠 것이 아니라, 거기에 본인의 혼이 담겨 있지 않다면 진정한 국어수업이 될 수 없다는 것이었다. 국어 교과서에 실린 글들은 한낱 방편일 뿐, 그것을 통해서 학생들의 민족혼, 애국심을 고취해야 한다는 것이었다.

그 다음해였다. 내가 추천한 대학 후배가 부임하게 되었는데, 관례에 따라 그 역시 부임 즉시 연구수업을 맡게 되었다. 마침 고3 교과서에 나오는 이헌구李軒求의 「시인의 사명」이라는 단원인지라, 나는 큰맘을 먹고, 몇 년째 투옥되어 있는 김지하 시인을 위시하여 이 땅의 수많은 문인들이 민주화를 위해서 어떻게 투쟁하고 있는지 과감하게 언급하라고 주문했다. 시 창작이 전공인 그는 조국이 위기에 처했을 때에 시인이 어떻게 처신해야 하는지에 대해서 해박한 지식과 풍부한 자료를 바탕으로 내가 보기에는 거의 완벽에 가까운 수업을 했다.

예상했던 대로 평가회 때 수업에 참관했던 모든 교사들이 극찬했다. 따라서 '참으로 훌륭한 수업을 했다.'는 강평이 교감의 입에서 나올 것이라 믿어 의심치 않았다.

그런데 그게 아니었다. 한마디로 말해서, 지적 전달은 충분했지만, 감동 전달이 부족했다는 것이다. 김지하 시인의 이야기를 할 때에는 주먹으로 교탁을 '쾅!' '쾅!' 쳐가며 교실 안이 쩌렁쩌렁 울리는 큰 목소리로 열강함으로써 학생들로 하여금 머리끝이 쭈뼛쭈뼛 곤두서고 온몸에 소름이 쫙 돋도록 해야 함에도 불구하고, 복도에서 누가 엿듣기라도 할까 봐 잔뜩 주눅이 들어갖고 기어드는 목소리로 일관해서야 어떻게 감동 전달이 될 수 있겠느냐는 것이었다. 그렇게 되기 위해서는 무엇보다 교사 스스로 역사의식이 투철하여야 하는 것이며, 그것은 오로지 신

김영복 선생

념에서 우러나온다고 그는 강조했다.

교감은 대구사범 재학 당시, 우리말 우리글 사용을 금지한 일제에 항거하기 위하여 비밀결사인 '다혁당茶革黨'을 조직하여 『반딧불』이라는 동인지를 발간하는 등 문예활동을 벌인 '죄목'으로 옥고까지 치는 바 있는 항일투사 김영복 선생이시다.

두 차례에 걸친 당신의 연구수업 강평을 통해서 나는 그때까지 탐독했던 그 어떠한 교육이론 서적에서보다 더 큰 깨우침을 받았다.

그로부터 10여 년이 지난 오늘에 이르기까지 나는 수업시간마다 그분을 떠올리곤 한다.

당신께서 지금 이 자리를 지켜본다면 또 뭐라고 질타하실까 하고…….

『새한신문』 제1049호, 1980. 1. 24.

# 그해 겨울의 눈

아무래도 그해 겨울의 눈 이야기를 좀 해야겠다.

복되고 즐거운 일이 일어날 조짐이 있는 눈을 가리켜 '서설瑞雪'이라고 하거니와, 그해 겨울 나는 그 '서설'의 조짐을 십분 증험했던 것이다.

젊음을 불태웠던 향읍을 등지고, 나는 그해 여름 초로를 바라보는 서른여섯의 나이에 부산으로 직장을 옮겼다. 그러나 애당초 목표했던 전임지는 부산이 아니라 어디까지나 서울이었으므로, 부산은 서울로 가기 위해 잠시 들렀던 기항지에 불과했다.

요즘과는 달리, 글을 쓰기 위해서는 아무래도 서울로 가는 게 유리할 것이라는 게 당시의 내 생각이었다. 그러나 고향을 떠나자는 데에는 동의하면서도 서울을 고집하는 내 의견에 대해서는 식구들이 선뜻 받아들이지 않았다. 아내는 생소한 서울보다 친정 곳인 부산을 선호하는가 하면, 아이들 또한 어디에서 들었는지, 생사람 코 베어 먹는다는 서울로 왜 가느냐고 불만들이 대단했다.

그러나 나는 '서울'이 아닌 다른 곳은 생각할 수 없었다. 농촌 아가씨 일자리 찾아가듯 '무작정 상경'을 감행하기로 작심하고 이력서를 열 통이나 써놓고 겨울방학이 오기만을 손꼽아 기다렸다. 아내는 당시의 내 모습을 두고 요즘도 가끔 말하곤 한다, '꼭 신들린 무당 같았다.'고…….

어렵사리 식구들은 설득시킬 수 있었지만, 마지막으로 연로하신 할아버지와 아버지·어머니를 찾아가 아뢸 일이 난감했다.

지척에 살면서도 제대로 효도 한 번 해드리지 못한 주제에 천리타향으로 떠나자니, 스스로 생각하기에도 당신네들을 피해서 일부러 멀리 도피하는 것만 같았던 것이다.

그런데 정작 당신네들의 반응은 전혀 뜻밖이었다.

"말은 나면 제주도로 보내고, 사람은 나면 서울로 보내라 캤다. 인자라사 니가 제대로 길을 찾았는가 보다."

할아버지의 격려에 이어 아버지께서도 쾌히 동의하셨다.

"실은, 대학을 졸업하던 그 즉시 서울에 눌러앉았어야 옳았는 기이라. 늦은 감이 있긴 하지만 늦을 때가 젤 빠를 때란 말도 있니라."

그날 밤 나는 오랜만에 어머니 곁에서 잤다.

이튿날 꼭두새벽에 어머니께서 나를 깨우셨다.

어머니가 귀띔해준 '복눈'

"얘야, 퍼뜩 밖에 한분 내다보래. "

"누가 왔습니꺼?"

"아이고, 세상에! 이렇기 반가울 수가 있나?"

누가 왔을까, 밖을 내다보던 나는 깜짝 놀라지 않을 수 없었다.

온 천지가 하얗게 눈으로 표백되어 있었던 것이다.

"니가 잘되라고 하느님이 복눈을 내려주신 기다. 다른 사람이 밟기 전에 어서 동네를 한 바퀴 비잉 돌고 오니라."

나는 마을을 한 바퀴 도는 것만으로는 만족할 수가 없었다. 유소년 시절로 되돌아가 눈 덮인 산야를 한나절이 넘도록 돌아다니면서, 비록 몸은 서울에 가 살아도 내 문학의 뿌리는 태어나 자란 바로 이 고향 땅에 내려야 한다고 몇 번이고 다짐했다.

며칠 뒤, 서울행 밤차를 타고 가면서 대합실에서 산 일간지의 광고란을 훑다가 현재 재직하고 있는 학교법인에서 낸 '교사초빙' 광고를 발견한 것은 참으로 행운이었다.

마치 '초빙'이라도 된 듯 희열에 넘쳐 무심코 차창 밖으로 시선을 던지던 나는 두 눈을 의심했다. 마침 어느 간이역을 통과하고 있는 중이었는데, 저탄장을 비추고 있는 희미한 외등 불빛 속에 하루살이 떼처럼 엉켜 붙고 있는 것은 분명히 눈발이었던 것이다.

그러나 그 희열도 잠시, 1차 서류전형에 이어 2차 공개수업을 통하여 최종합격자를 선발한다는 단서조항이 아무래도 꺼림칙했다. 보나마나 1차 서류전형에서 보기 좋게 탈락되고 말 것임은 불을 보듯 훤했다. 쟁쟁한 4년제 사대 출신들을 제쳐놓고 초급대학 출신에다 호봉까지 높은 시골 늙다리를 받아줄 학교가 천지에 어디 있겠느냐 말이다.

오직 한 가닥 희망이라곤 서류전형을 통과하는 것이었다. '공개수업'만은 누구에게도 뒤지지 않을 자신이 있었기 때문이다. 궁여지책으로 당시 서울시 교육감으로 계시던 고교시절의 교감선생님과 중앙대 예대학장으로 계시던 대학 은사님의 추천서를 동봉하여 서류를 제출하고 부산으로 내려가긴 했으나, 자신감이 생기지 않기로는 마찬가지였다.

사흘 후에 '공개수업 통지서'를 받고 얼마나 기뻤는지 모른다. 수업지도안과 괘도를 작성하는 짬짬이 창밖의 빈 하늘을 내다보면서, 이왕이면 '복눈'이 내려주기를 마음속으로 간절히 빌고 또 빌었다. 그러나 그것은 한낱 소아병적인 부질없는 기대일 수밖에 없는 것이, 부산이라는 곳이 원래 눈과는 거리가 먼 고장인 데다, 아무리 연기론을 중시한다지만, 그때마다 번번이 '복눈'이 내릴 수는 없지 않은가 말이다.

그랬다. 금시에라도 함박눈이 펑펑 쏟아질 것처럼 잔뜩 찌푸린 하늘이 연일 계속되었지만, 서울로 올라가 공개수업을 하는 그날까지 야속하게도 눈은 한 송이도 내리질 않았다.

너무 긴장한 나머지, 오직 한 가닥 희망을 걸었던 공개수업마저 썩 만족스럽게 하지 못한 터라, 부산에 내려와 있는 내내 하루하루가 바늘방석에 앉아 지내는 기분이었다.

근 보름을 기다리는 동안 인근에 있는 우체국에 가서 장거리 전화를 세 통화나 해봤지만, 그때마다 좀 더 기다리라는 극히 사무적인 응답이 수화기 저쪽에서 짤막하게 울렸다가 이내 끊기곤 했다. 하루속히 가부간 결정이 내려져야만 후속 조치를 강구할 것이 아닌가.

제발 '서설'이라도 좀 내려주기를 고대했지만, 그마저 여의치 않았다.

그런데 이게 웬일인가. 2월 10일 아침에 눈을 뜨자, 부산천지가 온통 하얀 솜이불을 덮고 있는 가운데 상기 함박눈이 떡가

루처럼 펑펑 쏟아지고 있는 게 아닌가! 기껏해야 진눈깨비가 고작이요, 요행히 눈이 내린다 해도 지표면에 닿는 순간 가뭇없이 녹아버리는 부산이 온통 은세계로 변해 있다니!

아니나 다를까, 꼭 거짓말처럼 그날 오후에 '채용통보서'가 날아왔다.

전세방을 구하기 위해 서울로 올라가면서, 동석한 아내에게 비로소 일련의 눈에 관한 이야기를 여담 삼아 털어놓았더니, 아내는 우연의 일치를 가지고 너무 비약하지 말라면서, 제발 앞으로는 고질적인 망상에서 좀 깨어나라고 했다.

드디어 2월의 마지막 날 오후. 이삿짐을 싣고 대망의 서울로 향하는 날이었다. 아내더러 두 딸아이를 데리고 열차편으로 올라가게 하고, 나는 타이탄트럭 조수석에 앉아 일곱 살짜리 막내 녀석을 무릎 위에다 앉혔다.

추풍령을 넘어 영동쯤 갔을 때였다.

갑자기 하늘이 어두워지는가 싶더니 희끗희끗 눈발이 날리기 시작하는 것이 아닌가! 지금 이 순간, 때 아닌 때에 내리는 눈발을 바라보면서 아내가 어떤 생각을 하고 있을지 궁금했다.

눈발은 갈수록 굵어졌다. 시속 100km로 질주하는 트럭의 앞유리창을 통해서 바라보는 눈발은 한마디로 장관 그 자체였다. 고공무용을 즐기며 내려오는, 지상에서 바라보는 그것과는 판이한, 눈이라기보다 아득한 허공에서 차창을 향하여 꽂혀오는 억만 개의 화살이었다. 그러면서도 어느 한 송이도 차창에 부딪히는 법이 없이 방사선을 펼치면서 전광석화처럼 스쳐가는 것이었다.

고속도로를 질주한다기보다 서설이 만들어주는 거대한 터널 속을 쾌주하고 있는 듯한 기묘한 착각에 나는 휩싸였다.

그랬다. 정녕 그것은 천국으로 통하는 기나긴 축복의 터널이었다.

『중앙문예』 제8호, 1982

# 그는 살아 있다, 다만 만나지 못할 뿐

—소설가 윤정규 형 추모문집에 부쳐

정규 형과 나는 부산중학교 동기다. 평생토록 변치 않고 사귈 수 있는 우정이 이 시기에 싹튼다고들 하지만, 유감스럽게도 우리는 3년 내내 인사조차 나눈 적이 없이 그야말로 소 닭 보듯 지냈을 뿐이다. 그는 37년 정축생으로 동급생들의 표준 나이보다 한 살 위인 데다 워낙 조숙하여 고등학생으로 보였을 뿐만 아니라, 속된 말로 나하고는 '노는 물'이 달랐다.

작고하기 일 년 전, 노익장을 과시하며 동시에 두 권의 장편

윤정규 소설가

소설을 출간한 출판기념회 석상에서 모 인사가 '만약에 당신이 소설가가 되지 않았더라면, 십중팔구 지금쯤 조폭 두목이 되어 남포동을 주름잡고 있을 것'이라고 농담을 띄워 폭소를 자아내기도 했지만, 실제로 그러한 조짐은 중학 시절부터 농후했던

그였다.

전쟁으로 본 교사를 징발당한 채 우리는 난민수용소를 연상시키는 천막교사에서 3년을 보내야 했다. 교내에는 두 사람이 겨우 지나칠 정도로 비좁은 통로들이 미로처럼 엉켜 있었는데, 정규 형을 처음으로 만나게 된 것도 바로 그중의 어느 한 지점에서였다.

3학년 때라고 기억된다. 쉬는 시간에 통로를 따라 걸어가는데, 저만치 전방에 느닷없이 웬 깡패로 보이는 녀석이 떡 벌어진 어깨를 전후좌우로 마구 흔들며 다가오는 것이 아닌가. 아주 날렵해 보이는 잘 빠진 체구였다. 코브라 대가리처럼 잔뜩 꼬부라진 챙이 달린 교모를 45도 각도로 삐딱하게 제껴 쓴 데다 상의 윗단추 두 개를 척 풀어 젖힌 풍채가 첫눈에 상대를 압도하고도 남았다.

나는 마구잡이로 휘저으며 다가오는 그의 어깨와 만에 하나라도 부딪힐세라 한옆으로 비켜섰을 뿐 아니라, 선망의 눈초리로 한동안 그의 뒷모습을 좇고 있었다.

"어이, 도대체 저기 누고?"

뒤따라오는 녀석을 잡고 물어보았더니, '윤정규'라는 것이었다.

그 뒤로 나는 심심찮게 교내에서 그를 발견할 수 있었는데, 호시탐탐 적수를 탐색하러 다니는 듯한 도발적인 그의 포즈는 한결같았다. 그런데 그가 과연 '주먹깨나 쓴 어깨'였는지는 지금껏 확인이 되지 않은 상태다. 도대체 누구랑 싸우는 장면을 목격했다는 이가 한 명도 없으니 말이다.

그의 장례식장에 나타난 한 친구는 이렇게 말했다.

"개는 보기와는 정반대로 실은 굉장히 순진하면서도 여렸다는 사실을 알아야 해. 반면에 자존심 하나만은 참으로 대단했지. 찢어지게 가난했지만, 손톱만큼도 남의 동정을 바라지 않았으니까. 3학년 겨울에 발생한 부산역전대화재* 때 집을 잃은 걸 알고 우리 집에 데리고 와서 함께 숙식을 해봐서 누구보다 내가 잘 아는데, 주먹쟁이처럼 껄렁껄렁했던 것도 '굶어죽을지언정 너거들한테 기 꺾이고는 살 수 없다.'는, 말하자면 일종의 오기였어. 앞니 한 개가 부러져 산프라 이빨을 박은 것도 함부로 흔들고 다니다가 영주동 깡패들한테 얻어터져서 그렇게 된 거고……."

우리는 각자 다른 학교로 진학했으므로, 고등학교 교내에서는 더 이상 그를 볼 수 없었다.

그러다가 고1 1학기가 끝나갈 무렵, 몇몇 친구들과 수정동에 있는 오영수 선생님 댁을 방문했을 때였다.

* 1953년 11월 27일, 부산 중구 영주동 일대에서 발생한 이른바 '부산역전대화재 사건'으로, 그로 인하여 당시 부산의 노른자위였던 부산역, 남포동, 중앙동, 광복동, 국제시장 일대가 모두 전소되었다.

"춘복이 니 윤정규라는 친구 아나?"

담소를 나누다 말고 뜬금없이 선생님이 불쑥 묻는 말이었다.

순간, 나는 녀석이 끝내 무슨 불미스러운 사고를 저질렀구나 싶었다.

"저희들하고 같이 졸업한 그 윤정규 말씀이십니까?"

선생님은 대답 대신 앉은뱅이책상 위에 얹혀 있는 원고 뭉치를 내려 보이면서 말했다.

"자그마치 600장이야 600장, 허허……. 그 왈패 같던 친구가 소설 공부를 하고 있으리라곤 꿈에도 생각지 못했어."

문예반장이라는 감투를 쓰고 안하무인 격으로 설쳐댔던 나에게, 당시 문학소년 소녀들의 선망의 적이었던 『학원』에 시와 콩트가 동시에 실린 것으로 기고만장해 있던 나에게 그것은 충격 그 이상이었다. 도저히 믿을 수 없는 일이었다. 기껏해야 2, 30장 분량의 콩트 나부랭이를 써갖고 철딱서니 없이 우쭐거렸던 자신이 부끄럽기 짝이 없었다.

"선생님, 읽어보셨습니까, 어떻습디까?"

"읽고 있는 중이야. 아직 습작 수준이긴 하지만, 중요한 것은 어린 나이에 이런 대작을 썼다는 사실이야."

마치 '춘복이 너는 그동안에 뭐했더노?' 하고 질타하는 것만 같았다.

그날 이후 그의 존재감은 600장이라는 엄청난 중량감과 함께 시도 때도 없이 나를 괴롭혀왔다.

1학년 2학기 초부터 나는 아예 서라벌예대 문창과로 진로를 굳혀버렸다. 그러자 그렇게 홀가분할 수가 없었다. 머리 싸매고 코피 흘려가면서까지 학과 공부를 할 필요가 없었기 때문이다. 따라서 나는 어디에서 문학 강연이나 전시회가 있을라치면 원근을 가리지 않고 찾아다니곤 했다.

그러다 보니 자연히 행동반경이 넓어져 광복동 방면으로 통하는 영선고개를 사흘돌이 자주 넘나들게 되었는데, 하루는 그 고갯마루에서 정규 형과 해후하게 되었다.

몇 학년 때였는지는 정확하게 기억나지 않는다. 아무튼 그는 대청동 방면에서 넘어오는 길이었고, 반대로 나는 영주동 쪽에서 넘어가는 도중이었는데, 저쪽에서 먼저 내 이름을 부르며 다가와 악수를 청하는 것이었다. 그가 내 이름을 알고 있다는 사실도 놀라웠지만, 무엇보다 믿을 수 없는 것은 이전과는 너무나 판이한 몰골이었다.

몰라보게 야윈 얼굴은 핏기 하나 없이 창백하기 짝이 없었으며, 악수를 나누느라 내 손아귀에 들어온 그의 손은 채 한 움큼이 되질 않았다. 무슨 말을 주고받았는지까지는 기억에 없지만, 아마도 피차 요즘 글을 많이 쓰느냐는 따위의 수인사 정도였으리라.

악수를 풀고 헤어지고 나서도 나는 한동안 그의 뒷모습을 멍한 시선으로 바라보면서, 사람이 달라져도 어쩜 저렇게 달라질 수 있을까 싶었다. 전후좌우로 마구 흔들어대던 양 어깨가 마치 모범생의 그것처럼 요지부동이었으니 말이다.

그 이후로도 우리는 엇비슷한 장소에서 네댓 차례 이상 만났다고 기억되는데, 안쓰럽게도 그때마다 그는 눈에 띄게 수척해져 있었다. 게다가 번번이 사복 차림이었다. 들리는 말로는 가슴을 심하게 앓는다고 했다. 아마도 그 무렵이 그의 생애 가운데에서 가장 힘겨웠던 시기가 아니었던가 싶다.

고3 때였다. 동아대학에서 조향趙鄕 시인이 '프로이트의 정신분석학' 강연을 한다는 소식을 듣고 몇몇 친구들과 함께 청강하러 갔었다. 프로이트도 프로이트지만, 「바다의 층계」·「장미와 수녀의 오브제」·「왼쪽에서 나타난 회색의 사나이」 등 일련의 아리송한 시를 발표함으로써 당시 문단의 화제를 불러일으키고 있는 조향이라는 시인의 얼굴을 가까이에서 한번 보고 싶었다.

그날 강의실에서 정규 형을 만난 것은 전혀 뜻밖이었다. 그는 조향 시인이 한 칠판 가득 판서를 하면 그걸 지우는 일을 담당하고 있었는데, 지금 생각해보면 별게 아니지만, 당시에는 그러한 임무를 수행하고 있는 그가 그렇게 돋보일 수가 없었다. 시원스레 빗어 넘긴 장발머리, 백짓장마냥 창백한 얼굴, 염색한 군용 야전점퍼, 해군청바지……, 까까중머리에 괴죄죄한 교복을 입고 있는 나와는 비교가 안 되었다. 그는 이미 전형적인 문학청년으로 성장해 있었던 것이다.

이렇듯 매사에 나보다 2, 3년을 앞서가던 그는 기어코 57년도에 「축생도畜生圖」로 『현대문학』에 초회 추천을 받기에 이르렀으니, 이 또한 「낙인烙印」으로 뒤따라갔던 나보다 정확하게 2년을 앞섰던 셈이다.

그러나 그 이후의 사정은 크게 달라진다. 63년도에 「사각死角」으로 천료한 이래 전업작가가 되어 「장렬한 화염」·「오욕의 강물」·「신양반전」·「강아지와 아파트」 등을 잇달아 발표하면서 중견문인으로 발돋움해 나간 그와는 딴판으로, 목구멍이 포도청이라, 나는 애오라지 분필가루를 마시기에만 급급했으니 말이다.

중·고 동기생들의 모임에서 간혹 정규 형의 이름 석 자가 거론될 때마다 나는 곤혹스럽기 짝이 없었다. '반쪽짜리 동기생'이라 그런지, 동기회 모임에 거의 나타나지 않는 그가 오히려 고맙기까지 했다.

마침내 17년간의 공백 기간을 딛고 늦깎이로 등단하여 일련의 장편들을 발표하면서 나는 비로소 목소리에 힘을 실어 그에게 전화를 걸 수 있었다. 통화의 요지는 동인회를 하나 결성하자는 제안이었다. 그러자 그도 흔쾌히 동의했다. 그리하여 탄생

한 것이 '제3문학동인'이다. 그를 비롯하여 이규정·백우암·이정호 그리고 나, 이렇게 다섯 사람이 의기투합하여 82년 11월에 한길사에서 창간호를 발간했다.

『제3문학』 창간호 표지

'일제강점기하의 질곡 속에서도 온존할 수 있었던, 그리하여 해방 후에도 힘에 대한 추종이나 찬양, 감상적인 개인주의로만 일관해온 문학제1문학을 우리는 단호히 거부하며, 산업구조의 기형적 성장으로 빚어지고 있는 인간 본성의 파괴에 대한 성찰은커녕 그것의 표피적인 속성에 편승하여 한낱 성적유희 내지 말초적 쾌락의 도구로 전락한 문학제2문학 또한 우리는 지양한다. 우리들 제3문학은 역사적 현실에 대한 각성을 기반으로 주체적 문학 창조를 추구한다. 그리하여 종래의 종속적인 지위로부터 주체적인 인간을 선언하는 제3세계문학과 궤를 같이하면서 일체의 반역사적·반민족적·반민주적 권위와 허상에 대하여 문학적 양심으로 말하려 한다.' 이것이 당시 우리 동인들이 표방했던 슬로건이었다.

여러 가지 사정으로 창간호가 폐간호로 둔갑하고 말았지만,

『제3문학』 창간호는 질적인 면에서나 양적인 면에서나 어디에 내어놓아도 손색없는, 동인지의 압권이라 자부하고 싶다.

애당초 중편 내지 장편으로 제한한 것 이외에는 아무런 협의가 없었음에도 불구하고, 막상 원고를 모아 놓고 보니, 뜻밖에도 하나의 완벽한 기획물이나 다름없었다.

거문도를 침략한 영국군의 만행백우암의 「태풍」 700장에서부터, 일제에 의해 전개되는 만주와 한반도 내에서의 민족 해체 과정윤정규의 「운명의 늪」 260장, 일제의 식민지 통치와 한국전쟁이 빚은 인간성 파괴이규정의 「패자의 고백」 300장, 두고 온 산하에 대한 단장곡이정호의 「움직이는 벽」 1,110장, 4·19의 서곡인 대구2·28사건김춘복의 「꽃바람 꽃샘바람」 장편연재 제1회분 70장에 이르기까지 한국근현대사의 굵직굵직한 굽이굽이를 다섯 사람이 마치 약속이라도 한 듯 역할 분담을 한 모양새였던 것이다.

12월의 어느 날, 우리는 서울 시내 모 음식점에서 출판기념 자축연을 가졌다. 다섯이서 실컷 먹고 마시고 나서 막 헤어지려는 찰나, 정규 형이 벌컥 화를 냈다. 어떻게 해서 만난 인연인데, 그대로 헤어질 수 있느냐는 것이었다.

그는 지나가는 택시를 잡더니만 여성인 이정호 씨를 제외한 나머지 세 명을 무조건 뒷좌석 안으로 떠밀어 넣고는 조수석을 차지하고 앉으면서 큰소리로 '출바알!' 하고 외쳤다.

우리는 남산타워에서부터 북악스카이웨이에 이르기까지 종일

토록 시내를 돌아다니면서 신바람을 냈다. 그러고도 모자라 모 여관에 들어가 밤새도록 퍼마시며 떠들어댔다.

정규 형과 나 사이에 노상 장애가 되었던 예의 '2, 3년'이라는 간극은 제3문학동인이 되고부터 완전히 소멸되고 말았다.

좌로부터
백우암 · 저자 · 이규정 · 윤정규

동기생들의 모임이건 문인들의 모임이건 그의 얼굴이 보이지 않으면 도무지 술맛이 나질 않았다. 그 장소가 부산일 경우에는 전화를 걸어 기어이 불러내야만 직성이 풀렸다.

98년에 낙향하여 한 이웃이 됨에 따라 우리는 보다 자주 만날 수 있게 되었다. 덕분에 부산작가회의의 많은 선후배 문인들과도 친분을 쌓게 되었다.

그는 얼음골에 있는 누옥陋屋을 두어 차례 방문했었다.

그중에서도 잊을 수 없는 것은 박정애·최영철 두 시인과 조명숙 소설가를 대동하고 왔던 일이다.

"서앰예, 이거 오다가 언양장에서 산 건데요……."

푸짐하게 싸 들고 온 먹을거리 외에 철늦은 고추 모종 다섯 포기를 내놓으면서 박 시인이 말했다.

저자의 누옥 옥상에서 마을을 배경으로

"서얌 고추밭에 심어놨다가 뒤에 와서 따먹을 겁니더. 한 사람 앞에 한 포기씩입니더."

"햐아, 그거 멋진 아이디어구먼!"

나는 이미 보름 전에 조성해 놓은 고추밭으로 다가가 이랑 끝자락에 묻힌 검정 비닐 자투리를 펼쳐, 우선 거기에다 두 포기를 나란히 심으며 말했다.

"요거는 영철이 거, 요거는 멩숙이 거. 한 이불 덮고 새끼 많이 쳐래이."

다들 배를 잡고 웃어댔다.

그런데 나머지 세 포기는 비닐이 모자라 맨바닥에 그냥 심을 수밖에 없었다.

"요거는 정애 거, 요거는 윤 형 거, 그리고 요거는 내 거, 어차

피 우리 셋은 한 이불을 덮을 수 없는 처지이니 오히려 자연스럽구먼."

백목련 그늘에서 그날 우리는 삼겹살을 안주로 연방 소주잔을 비웠다.

"어이, 앞으로 우리 한 달에 한 번씩 이렇게 만나는 게 어때?"

이렇게 운을 띄웠더니 다들 대찬성이었다.

정녕 한 달에 한 번쯤 만나 실컷 마시고 떠들다 보면 저절로 충전이 될 것 같았다. 우리는 꼭 그렇게 하기로 굳게 약조했다.

그로부터 꼭 38일째 되는 날 아침이었다, 박정애 시인이 수화기 속에서 왕울음을 터뜨린 것은…….

한 인간을 두고 '삶'과 '죽음'이라는 생체학적 개념으로 따지는 것은 별로 의미가 없다고 본다. 평생토록 수많은 사람들을 사귀지만, 살아 있으면서도 죽을 때까지 한 번도 뇌리에 떠오르지 않는 이들이 얼마나 허다한가. 그들은 모두 죽은 것이나 마찬가지 아닌가. 반면에 비록 유명은 달리 했지만, 오매불망 죽을 때까지 잊을 수 없는 이들 또한 허다할진대, 정녕 그들은 살아 있으면서, 다만 만나볼 기회가 없을 따름이다. 정규 형이 그러하다.

소설가 윤정규 추모글 모음, 『아! 산이 막혀 못 오시나요』, 2003년

# 봉별기逢別記

—밀양문학회 초대회장 이재금 시인을 그리며

1988년 11월 30일 고고呱呱의 성聲을 울린 지 어언 30년, 해를 거듭할수록 승승장구하여 튼실한 장정으로 우뚝 선 『밀양문학』! 이는 애오라지 초대회장 이재금 시인의 꺼질 줄 몰랐던 문학적 열정과 카리스마적 기질이 빚은 결과물이라 하지 않을 수 없다.

창간 30호를 손에 받아 들고 보니 산파역을 담당했던 그의 부재가 새삼 가슴 한구석을 아리게 한다.

그를 처음으로 만난 것은 1971년 1월의 어느 날 동아대 강의실에서였다. 당시 그는 부산남도여중에서, 나는 세종고에서 국어를 가르치고 있었는데, 피차 상급 자격을 취득하기 위하여 교원연수를 받던 중이었다.

이재금 시인

강의 첫날 바로 뒷자리에 앉아 있던 그가 어깨 너머로 내게 물었다.

“혹시 김춘복 선생님 아니십니까?”

“어떻게 제 이름을 아시죠?” 하고 뒤돌아보자, 그는 특유의 호탕한 웃음을 날리며 털어 놓았다.

“아이고, 오늘에서야 뵙게 됐네요.”

그의 말인즉슨, 자기도 서라벌예대 문창과 출신으로 입학 면접고사 때 김동리 선생께서 밀양 출신이라면 김춘복 소설가를 아느냐고 물으시기에, 혹시 모른다고 하면 불합격이 될세라 엉겁결에 안다고 대답했다는 것인데, 그 ‘죄책감’으로 언젠가 꼭 한번 찾아뵈려고 벼르며 차일피일 미뤄오던 중에 드디어 오늘 극적으로 상봉하게 되었다는 것이었다.

그날 이후 우리는 매일같이 강의가 끝나기가 바쁘게 근처에 있는 대폿집으로 자리를 옮겨 많은 이야기를 나누었다.

동향에다 동문에다 국어교사라는 점 외에도 우리 두 사람은 문학지망생으로서의 아픈 상처를 안고 있는 공통점을 지니고 있었다.

나로 말하면, 스물두 살의 나이에 「낙인」이라는 단편으로 『현대문학』 초회 추천을 받은 이래 10여 년이 넘도록 문인주소록에 이름을 올리지 못한 채 실의와 좌절에 빠져 있을 때였으며, 그 또한 이문구·한승원·박상륭 등 한 교실에서 공부했던 동기들이 신예작가로서 한창 문명을 떨치고 있는 데 반해 언감생심 문단에 발조차 들여놓지 못하고 방황하고 있을 때였다.

우리는 동병상련하는 처지에 있으면서도 동상이몽을 꾸고 있었으니, 글을 쓰기 위해서는 당시 문학의 불모지나 다름없던 밀양을 벗어나야 한다는 게 지론이었던, 따라서 도시에 직장을 두고 있는 그를 몹시 부러워했던 나와는 반대로, 그는 도시 문화에 환멸을 느낀 나머지 언젠가 때가 되면 미련 없이 귀향하여 부모님을 모시고 대추농사를 지으며 글을 쓰고 싶다면서 고향에서 교편을 잡고 있는 나를 무척 부러워했다.

두 번째로 만난 것도 아주 극적이었다. 이듬해 겨울 교지 교정을 보기 위하여 부산 토성동에 있는 소문당인쇄소에 들렀더니, 뜻밖에도 그 역시 선착해서 같은 작업을 하고 있는 중이었다. 업무상 별다른 얘기를 나눈 기억은 없지만, 세 번째의 경우는 해후도 그런 극적인 해후가 없었다.

1974년 2월의 어느 날, 국어교사 아무개가 사표를 내었으니 마땅한 후임자를 한번 물색해보라는 교장의 특명을 받고 퇴근하던 길이었다.

후문을 막 빠져나오는 순간, 꼭 거짓말처럼 저만치 앞에 이재금 선생이 성큼성큼 다가오고 있는 것이 아닌가!

악수를 나누자마자 그의 입에서 나온 첫 마디가 지금도 귀에 쟁쟁하다.

"선배님을 찾아뵙고, 어디 국어 선생 한 자리 난 데 있으면 소개해주십사 부탁하려고……."

나는 불문곡절 그를 이끌고 교장실로 직행했다. 마침 그 자리에는 이 선생의 농잠학교 은사인 김영복 교감도 동석해 있었다. 이력서를 보지 않고 교사를 채용한 경우가 또 있을까? 교감의 인증과 '서라벌예대 문창과 졸업'이라는 그의 말 한마디가 그대로 이력서였으니 말이다.

하지만 그와 내가 한솥밥을 먹은 것은 불과 두어 달 남짓한 기간에 불과했다. 그가 자신의 뜻대로 귀향한 것처럼 나 또한 나의 뜻대로 탈향을 해야만 했던 것이다.

그와 아쉬운 작별을 나누고 영남상고로, 중대부고로 자리를 옮기면서 탈고한 것이 장편소설 『쌈짓골』이다. 그리고 연이어 『계절풍』을 창비에 연재하는 동안 나는 여러 차례 밀양으로 내려와 그를 찾았다. 그의 말을 한번 들어보자.

> 그 후 김춘복 선생과 나는 꽤 오래 격조한 채 세월을 보냈다. 그러다가 드디어 화산불꽃은 터져나기 시작했다. 1976년 『쌈짓골』이 발표되고 『계절풍』이 연재되고 나서야 그는 고향 땅 지키고 사는 나를 찾았다. 만나기만 하면 가물거리는 문학의 불씨를 들쑤셔댔다. 나의 식은 문학의 아궁이에 생솔가지를 집어넣고 쉴 새 없이 입김을 불어넣었다. 굴뚝이 막혔는지 왜 그리 생연기가 눈물을 쏟게 하였는지.
>
> 이재금, 「꺼질 줄 모르는 활화산」, 『밀양문학』 제7집

그랬다. 나는 만날 때마다 그의 '식은 문학의 아궁이에 생솔가지를 집어넣고 쉴 새 없이 입김을 불어넣었다.' 마침내 생솔가지에 불이 지펴지자 그는 틈틈이 통일호를 타고 평택, 안성까지 올라가서 고은 선생의 지도를 받았다. 그러기를 1년, 마침내 1988년 7월에 '시인사'에서 첫 시집 『부끄러움을 팝니다』를 펴내어 나를 감동시킨 데 이어 연달아 대형 사고를 쳤으니, 『밀양문학』 창간이 바로 그것이다. 12년 동안 밀양에 있으면서 수차례 시도해보았지만 끝내 이룩하지 못했던 나의 꿈을 결국 그가 해내었던 것이다. 격려사를 써달라는 원고청탁을 받자마자, 나는 너무도 기쁜 마음으로 '『밀양문학』 창간은 밀양읍이 시市로 승격되는 그 이상의 값진 의미를 지닌다.'고 피력했거니와 30년이 지난 지금도 그 마음은 조금도 변함이 없다.

1981년 10월에 밀성여중으로, 91년 3월에 밀성여상으로 이직하여 1996년 8월에 명예퇴직을 할 때까지 그는 『창비』, 『실천문학』 등을 통하여 왕성하게 작품 활동을 하는 한편, 민족문학작가회의 이사 및 감사 등을 역임하기도 했다.

1994년 창비에서 펴낸 제2시집 『말똥 굴러가는 날』 표4에다 고은 시인은 이렇게 그를 평가했다.

시인 이재금은 저 영남알프스란 곳의 사자평 위 얼음골의 냉

기와 그 아래 낙동강 하류 아랑과 같은 눈부신 미모의 정절을 그의 기상으로 삼고 있다. 나이 50이 무엇이더냐, 거기에 구애하지 않고 시인의 꿈이 무르녹아 그의 향토에서 일구어온 체험의 보석과 느지막이 열린 서정의 과실들이 여기 모였으니 (…) 이제 그는 이 나라 반공半空을 훨훨 날게 되었고 여기 '창비시선'에도 동참하는 문단의 신임이 구현되었다. 이런 이재금이야말로 오늘날 시인의 귀감이 되어 마땅하다. 그는 시의 구도자 그것이며 그의 나이와 상관없는 순정의 규범으로 하여금 그의 해골에 이르기까지 시의 천직을 내치지 않으리라. 우리 문단에 진국이 나타났다. 표충사 서래각의 신새벽 같은 그 어둑어둑한 진국일 터.

1980년대 중반 '우루과이 라운드' 문제로 나라가 한창 시끌벅적할 때였다. 농촌 현실을 소재로 단편 하나를 써 달라는 '한국농어민신문사'의 청탁을 받고 농촌을 떠난 지 오래되어 쓸거리가 없다고 고사하자, 그럼 어디 마땅한 분을 소개해달라기에 나는 서슴지 않고 이재금 시인을 추천했다. 대학 시절에 소설을 전공했을 뿐만 아니라, 『밀양문학』 창간호에 실린 「그래서 그는 머시기를 찍었다」라는 단편을 통해서 이미 실력을 인정하고 있었기 때문이다.

당시 『한국농어촌신문』에 연재되어 호평을 받았던 작품은 그렇게 해서 쓰여졌던 것인데, 아쉽게도 제목이 떠오르지 않는다. 신문사에도 문의해봤지만 워낙 오래 전 일이라 자료를 찾아낼 수가 없다는 대답이다. 아무튼 '우루과이'를 '우루루꽝꽝'이라고 표현하는 등 그만이 지니고 있는 특유의 해학과 풍자로 당시 농민의 아픔을 위무해주는 한편 정부의 농정을 따갑게 꼬집은 수작이었다.

이를 계기로 그는 경남농어촌주부문학회와도 인연을 맺게 된다. 아래의 기사가 이를 입증해준다.

> 지난 92년 문학에 목마른 농어촌 주부들이 모여 결성된 경남농어촌주부문학회와 인연을 맺으면서부터 농촌을 중심으로 한 그의 활동은 더욱 두드러졌다. 경남 골짜기 골짜기에서 생명을 가꾸며 시심을 불태우던 여성농업인들은 말 그대로 문학의 참스승을 만났다. '문학은 곧 삶'이라는 것이 그의 문학론, 생활에서 느끼는 감동과 고단함을 생생한 삶의 언어로 승화시켜야 한다는 그의 가르침은 경남 여성농업인들의 문학수업에 큰 영향을 미쳤다. 시인의 가르침으로 여러 문학제에서 수상하는 여성농업인들이 쏟아졌다.
>
> 김미숙 · 이동광 기자, 『한국농어민신문』, 1998. 6. 1.

나는 방학을 맞아 밀양으로 내려올 때마다 그와 만났으며,

그 또한 늦깎이로 문단에 나온 화풀이라도 하듯 자주 서울에 나타나 나와 만나곤 했다. 「꺼질 줄 모르는 활화산」에서 그는 이렇게 술회했다.

> 지금도 나는 김춘복 선생과 함께 지낸 지난여름 쌈짓골을 생각하고, 1박 2일 통음하며 담소를 나누었던 역삼동 여관방과 용산역 어느 호텔방을 떠올리고, 벌건 대낮에 깔깔거리며 해학을 늘어놓던 올림픽공원 벤치를 생각하고, 스트립쇼를 하며 술을 퍼마시던 어느 여관을 떠올리고, 밀양 용두목에 배를 띄워 깊이 묻어둔 심정을 털어 놓던 모습을 떠올리고, 서울 어느 포장마차를 생각하고, 술통 지고 가서 밤을 새운 밀양 소건걸 어느 아가씨를 생각한다.
>
> 만년에 약간 여유를 찾을 수 있는 돈이 마련되면 환고향하여 문학을 함께하자던 선생을 떠올리며, 부디 그가 사랑하는 이 햇볕 따뜻한 밀양 땅에서 불후의 명작을 집필하실 그날을 기다려 본다.

그런데 아, 어찌 이럴 수가 있단 말인가! '환고향하여 문학을 함께하자'던 그 약조를 지키기 위하여 1998년 6월 6일 식솔들을 서울에 남겨둔 채 '햇볕 따뜻한 밀양 땅'으로 내려온 나와는 달리, 야속하게도 그는 그 약조를 어긴 채 이미 1년 전에 하늘

용두목유원지에서
좌로부터 고증식, 저자, 신은립, 이재금

나라로 가고 말았으니, 나는 닭 쫓던 개 지붕 쳐다보는 처지가 되고 말았다.

『밀양문학』 제10집에서 나는 이렇게 그를 추모했다.

> 나는 '이재금'이라는 이름 석 자 앞에 '고故' 자를 쓰지 않기로 했다. 결코 그는 가지 않았기 때문이다. 반백의 긴 머리카락 휘날리며 지금 그는 저만치 우리들 앞에 서서 손짓하고 있다. 그렇다, 밀양문학은 지금까지 걸어온 이 길, 이재금 시인이 앞장서서 걷고 있는 이 길을 계속 매진해야 한다.

1998년 5월 23일 결성된 이재금시인추모사업회에서는 그 첫 사업으로 이듬해 5월 29일 오후 5시에 용두목이 마주 건너다보

이재금시비 앞에서
좌로부터 저자, 오세금, 이응인

이는 삼문송림 끝자락에 그의 대표작이라고 할 수 있는 「도래재」를 나의 졸필로 새긴 시비를 세운 데 이어 당일 6시에 문화정보 공간 '더불어숲'에서 유고시집 『나는 어디 있는가』 출판기념회를 가졌다.

나는 그 자리에서 "저는 부활이라는 말을 믿지 않았습니다. 그러나 오늘 이재금 시인이 천 년이 지나도 변하지 않는 돌로, 시집으로 다시 살아났습니다. 부활했습니다……."로 시작해서 삼십 년 지기로서의 우정을 장광설로 회상했다.

낙향한 지 어느덧 20년째로 접어든다. 그동안 이재금 시인이 남기고 간 빈자리를 메우느라 나름대로 노력해왔지만, 돌이켜 보면 역부족으로 인하여 미흡했던 점이 한두 가지가 아니다.

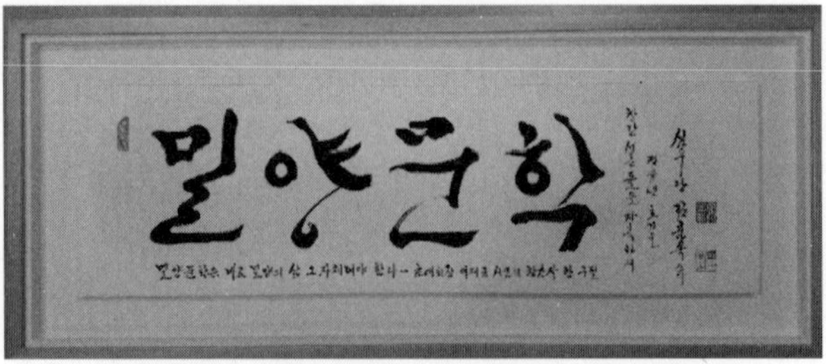


밀양문학회 사무실 벽에 걸린 저자의 졸필 휘호

이제 사람 냄새 물씬 풍기는 밀양재래시장 한복판에 사무실까지 갖추고 보니, 바야흐로 『밀양문학』의 도약기가 도래하고 있다는 예감이다.

'밀양문학' 네 글자 아래에다 '밀양문학은 바로 밀양의 삶 그 자체여야 한다'는 그의 창간사 한 구절을 졸필로 써넣은 액자를 사무실 벽에 걸어 놓고, 창간 서른 돌을 자축하는 축배를 들자니 감회가 무량하다.

아아, 이재금 시인, 사무치도록 당신이 그립다.

『밀양문학』 제30호, 2017

# 그날이 올 때까지

—민주통일열사 바우 김용원을 말한다

민주통일열사 바우 김용원과 나는 부산고등학교 1학년 때 한 반이었을 뿐만 아니라 짝지였다.

일본 교토에서 태어나 해방을 맞아 고향인 함안으로 귀환한 그는 급우들의 평균 연령보다 세 살이나 더 많았지만 전혀 그런 티를 내지 않았을뿐더러, 성격이 또한 지극히 단순하고 소박해서 아무런 격의 없이 친구들과 잘 어울렸다.

툭 튀어나온 이마에다 잔뜩 위로 치켜 올라간 눈썹이랑 눈초리하며 유난히 돋보이는 사각턱하며 투박하기 짝이 없는 얼굴에다 워낙 과묵한 편이어서 '바우'라는 별명이 붙기도 했는데, 본인도 맘에 들었던지 뒷날 스스로 아호로 삼기도 했다.

그와 내가 앉은 뒤쪽 출입문에 면한 맨 뒷자리는 수업 시간에 선생님들의 눈을 피해 딴짓을 하기에 안성맞춤이었다. 선생님이 눈치를 채고 우리 쪽으로 다가올라치면 앞에 앉은 학생이 신호를 해주도록 조치해 놓았기 때문에 우리는 안심하고 딴짓에 몰두할 수 있었다. 그 '딴짓'이란, 나는 서라벌예대 입시 과목인 국어·영어·동양사 시간 이외에는 소설책을 읽는 것이었고, 그는 자기에게 필요하지 않는 미술·음악·체육 같은 시간에 영어나 수학 문제를 푸는 것이었다.

그날은 벽사 이우성 선생님의 '동양사' 시간이었다. 선생님의 강의는 마치 책의 내용을 그대로 외워 읽는 듯, 90분 내내 진행되는 강의 도중에 불필요한 허사라고는 한 마디도 들어볼 수 없는, 언제 들어봐도 완벽 그 자체였다. 때로는 파격적으로 고대소설의 줄거리를 들려주기도 했는데, 그날 『채봉감별곡彩鳳感別曲』을 들으며, 어쩌면 저렇게도 언변이 좋으실까, 그대로 녹취한다면 원본의 내용과 거의 일치할 것이라는 생각을 하며, 평양성 밖 김 진사의 딸 채봉의 굴곡진 사랑 이야기에 흠뻑 빠져들고 있을 때였다.

선생님이 갑자기 말문을 닫더니 김용원을 노려보며 뚜벅뚜벅 걸어오시는 게 아닌가! 앞에 앉은 학생과 내가 동시에 신호를 보냈지만 김용원은 고개만 바로 들었을 뿐, 보고 있던 수학책은 숨기지 않는 것이었다. 빨리 숨기라는 뜻으로 허벅지를 툭 건드렸지만 그는 아랑곳하질 않았다.

벽사 선생이 학생에게 손찌검을 하신 것은 아마도 그날이 처음이자 마지막이었을 것이다. 당신이 정작 괘씸하게 여겼던 것은 선생이 다가감에도 불구하고 '할 테면 해보라'는 식으로 버르장머리 없이 버티었다는 것이었다. 그런데 김용원의 생각은 또 달랐다. 쉬는 시간에 '왜 숨기지 않았느냐?'는 나의 질문에 대한 그의 대답은 간단했다.

"죗값을 달게 받는 게 옳지, 어떻게 거짓을 보여줄 수 있노?"

이렇듯 그는 자신의 행동에 책임을 지는 강직한 성격 이면에는 융통성이 전혀 없는 단점이 있기도 했다.

그의 장래 희망은 물리학자였다. 어느 날 물리 시간에 선생님이 '인간이 자연을 정복' 운운한 말을, 그는 두고두고 곱씹었다.

"말도 아이다, 인간이 자연을 정복하다이……! 위대한 자연을 감히 어떻게 인간이 정복할 수 있단 말고? 정복하는 기 아이라 이용하는 기라, 이용!"

그는 내가 쓴 글을 가장 먼저 읽는 애독자이기도 했다.

한번은 「가역반응」이라는 단편을 써서 보여줬더니, 집에 가서 읽는 내내 우스워 죽을 뻔했다고 실토하는 것이었다. 이유인즉슨, 주인공인 '나'가 실의에 빠져 방 안에 드러누워 있으면서 천장에 무수히 찍혀 있는 파리똥 자국을 헤아리는 장면이라든지, 석양 무렵에 뒷산에 올라가 통금예비사이렌이 울릴 때까지 방황하다가 어느 바위에 앉자 상기 낮에 달구어진 열기가 식지 않고 남아 있는 것을 보고 실의를 극복하고 재기를 다짐하는 장면 등은 바로 자신의 이야기라는 것이었다.

그는 내 작품을 읽을 때마다 등장인물의 성격이나 분위기가 손창섭의 작품을 읽는 듯한 착각에 빠져든다고 했다. 그러나 노상 절망에서 절망으로 끝나는 손창섭의 작품에 비해 내 작품은 실의와 좌절로 끝나지 않고 출구를 암시하고 있는 점에서 더 높은 점수를 주고 싶다는 말까지 했다.

그는 나와 김태수와 김상철을 영주동 뒷산 비탈에 있는 자기 방으로 자주 데려가곤 했다.

당시 그는 택시 기사로 일하는, 아버지뻘 되는 백씨 댁에서 기거하고 있었는데, 여기도 부산인가 싶을 정도로 울도 담도 없는 날림집들이 게딱지처럼 다닥다닥 붙어 있는가 하면, 아침이면 공동변소 앞에 2, 30명씩 장사진을 연출하곤 하는 그런 동네였다. 부산역전대화재가 빚은 결과였다.

우리들이 갈 때마다 백씨 내외분은 아주 친절하게 맞아주었다. 후덕하게 생긴 형수님이 세숫대야만 한 큰 양푼에다 흰 쌀밥을 고봉으로 차려주던 밥상을 나는 지금도 잊지 못한다. 또한 밤이 되면 으레 막걸리 파티를 열어주곤 했다.

거나하게 취하면 김용원은 곧잘 이 노래를 불렀다.

> 바람이 분다/ 바람이 분다/ 현해탄에서 불어온다/ 영주동 모퉁이에 불이 붙는다/ 잘 탄다 신난다/ 소방차와 엠피차는 달린다/ 불은 붙어도 물이 없어 못 끈다/ 랄랄라라 랄라라/ 잘 탄다 신난다/ 소방대는 구경만 한다/ 잘 탄다 신난다/ 엠피들

은 카메라만 찍는다

누군가 당시 크게 유행했던 일본 가요 『구모가 유꾸구름이 간다』를 개사한 정도로만 알고, 경쾌한 가락에다 부산역전대화재 현장감마저 생생하여 나도 신바람을 내며 곧잘 따라 부르곤 했던 것인데, 최근에 와서 이 노래 이면에 숨어 있는 비화秘話*를 알고 놀라지 않을 수 없었다.

내용인즉, 개사한 주인공이 다름 아닌 '이수병'**이었으며, 그가 소속해 있던 10대 소년들의 비밀독서모임인 '암장巖漿'의 당가党歌였던 것이다. 게다가 장차 성인이 되어 혁신당을 창당하는 날, 그 이념에 걸맞게 개사하여 당가로 삼으려는 야심찬 계획까지 세워놓고 있었다는 것이며, 더욱 놀라운 것은 김용원, 김태수가 여기에 가담해서 활동하고 있었다는 사실이다.

그렇다면 '암장'이 어떤 모임이었는지, 고교 1년 선배요 멤버의 한 사람이었던 김금수*** 형님의 말을 한번 들어보자.

* 이창훈, 「나도 이제부터 아버님이라 부를란다」, 『헌쇠, 박중기 선생 신수문집 발간위원회 엮음. p.205.

** 사회운동가, 1975년 4월 9일 인혁당재건위사건으로 사형된 8명 중의 한 사람.

*** 부산고 및 서울대 정치학과 졸업. 한겨레신문 논설위원, 전태일기념사업회 이사장, 한국방송공사KBS 이사장 등을 역임하였으며, 현재 한국노동사회연구소 명예이사장이자 세계노동운동사연구회 상임고문을 맡고 있다.

(…) 그러다가 내가 부산고등학교에 진학하여 부산사범학교의 이수병, 유진곤, 김종대, 김정위, 박영섭, 염광섭 등과 만나면서 중기 형과 나의 만남은 새로운 관계로 이어졌다. 거기에다 내 고등학교 동기인 이영호와 학교 후배인 김용원, 김태수, 황영만 등이 합류하면서 '암장'이라는 모임으로 일정한 모습을 이루게 되었다. 암장은 독서 모임으로서 거의 정기적으로 만나 새로 접한 책 소개를 비롯하여 최근에 읽은 책 내용에 관한 얘기를 나누었다. 때로는 많은 물음이 제기되기도 했고, 나름대로 다듬어지지 않은 답이 나오기도 했다. 세상만사가 토론의 대상이라도 되듯 얘기의 폭은 무척이나 넓은 편이었다. 정치경제학 입문 또는 해설을 비롯하여 마르크스의 『자본론2권까지만 번역』, 예사기艾思奇의 『대중철학』과 레닌의 『유물론과 경험비판론』 등의 철학 서적, 『세계사교정』 등을 비롯한 역사 서적, 팸플릿 종류의 정치학 서적, 박태원 · 한설야 · 김남천 · 이기영 등이 쓴 소설과 이용악 · 오장환 등의 시집을 돌려가면서 읽고 토론하였다. 무척이나 의욕이 넘치는 자세들이었다. 화산을 예정한 암정의 뜨거웠던 의지였다고 하면 과장된 표현일까. 중기 형은 다른 사람들보다 나이가 한두 살 더 많아 암장 내에서 언제나 맏형 노릇을 했다. 암장은 그 뒤로도 끊임없이 땅 밖으로 분출하기 위한 시도를 하게

된다.*

김금수 형님

김용원의 집뿐만 아니라 김금수 형님의 집에서도 여러 차례 어울렸지만, 내게는 단 한 번도 가입 의사를 타진하지 않았을 뿐더러, 아예 '암장'이라는 단어 자체를 입 밖에 꺼내질 않았다. 깜냥이 모자라 그러려니 생각하면 자존심이 여간 상하지 않았지만, 지나고 보니 오히려 얼마나 다행한 일인가!

다시 김용원의 이야기로 되돌아가겠다.

'암장'의 대부 격인 박중기 형님은 김용원의 성격을 '딱 결정해서 한다고 하면 그것으로 끝내지 군더더기가 없었다.'**고 규정하였거니와, 마치 그것을 증명이라도 하듯, 그는 고2때 검정고시에 응시하여 전국 수석의 영광을 차지했으니, 수업 시간에 딴전을 피웠던 게 결코 '딴전'이 아니라 딱 결정해서 한다고 하면 그것으로 끝낸 결과였으며, 게다가 주위의 그 어느 누구도 눈치를 챌 수가 없었던 것 또한 군더더기가 없는 그의 성격을 대변해 주

* 김금수, 「고난 속에서 대간을 이루다」, 위의 책, p.26.
** 통일뉴스 이계환 기자와의 인터뷰, 「너무 늦었지만 사필귀정이다」, 위의 책, p.304.

는 것이라 하겠다. 그는 그 저력으로 서울대학교 문리과대학 문리학과에 당당히 합격함으로써 주위를 깜짝 놀라게 했다.

겨울방학이 되어 꿈에도 그리는 서울대 교복을 떡하니 입고 나타난 그를 모두들 부러워하지 않을 수 없었다. 어쩌면 그렇게도 감쪽같이 속일 수 있느냐, 일 년 먼저 대학생이 되니까 소감이 어떠냐, 고등학교 교복을 입고 있는 우리를 보니까 한심하지……? 별의별 말로 놀려댔지만 그는 의외로 정반대의 반응을 보였다.

남보다 일 년 앞서 서울대에 합격한 성취감보다 꿈 많은 고3 시절을 날려버린 상실감이 더 크다는 것이었다.

12월에 접어들면서부터 고3 졸업반 학생들은 이른바 '대학생'이 되어 출결 문제에 전혀 신경을 쓸 필요가 없었다. 일률적인 수업보다 집에서건 도서관에서건 각자의 취약 과목을 집중적으로 공략할 수 있도록 학교 측에서 배려해준 것이었다. 나는 김태수를 위시한 몇몇 친구들과 함께 매일같이 아침밥을 먹던 길로 곧장 동광동에 있는 시립도서관으로 직행해서 거기에서 하루해를 보내곤 했는데, 김용원도 거의 매일 현장에 나타났다. 뿐만 아니라, 그는 번번이 나랑 윗도리를 바꿔 입기를 강요하다시피 했다. 그렇게라도 함으로써 '날려버린 고3시절'의 기분을 맛보고 싶었던 것이다.

따라서 시립도서관에만 가면 나는 서울대학교 문리과대학

문리학과 1학년 '김용원'으로, 그는 부산고등학교 3학년 '김춘복'으로 둔갑했다. '히야아, 춘복이 니가 입으니꺼내 훨씬 더 어울린다. 니 평생에 서울대 교복을 언제 또 한 번 입어보겠노.' 하는 주위의 말에 우쭐거리며, 시가지를 활보하기도 하고 전차나 버스를 타고 돌아다녔으니, 지금 되돌아보면 치기도 그런 치기가 없었다.

## 2

1, 2차 시험이 끝나고, 3차 시험날짜가 사흘 앞으로 다가온 2월 중순의 어느 날, 나는 말 그대로 청운의 꿈을 안고 서울행 완행열차에 몸을 실었다. 서울대학교 문리과대학 영문과에 합격한 김태수와 김용원이 서울역에 마중 나와 있었다.

서울의 날씨는 부산의 그것과는 판이했다. 2월 중순이었음에도 뼛속까지 한기가 엄습하는 것이었다.

시내버스에 올라 차장을 통해 파노라마처럼 스쳐가는 서울시청이며 한국은행, 화신백화점, 창경원 등을 일별하는 동안 어느새 목적지인 명륜동에서 하차했다. 하천을 따라 난 샛길로 접어들자 똑같은 모양의 한옥들이 좌우로 즐비하게 펼쳐져 있는 가운데 일정한 간격으로 여러 개의 짤막짤막한 다리가 촘촘히 놓여 있었다.

그들의 자취방이 있는 집은 세 번째 다리를 건넌 지점에 있었다. 대문을 열고 들어서자, 금수 형님과 중기 형님이 반갑게 맞아주었다. 말로만 들었던 중기 형님을 그날 처음으로 만났다. 금수 형님은 재수하여 서울대학교 문리과대학 사회학과에 합격했으며, 중기 형님은 건국대 정치학과에 적을 두고 있으면서 서울대중앙도서관에 도서정리 촉탁으로 나가고 있었다. 나보다 네 살 위인 그는 유머를 즐겼으며 덧니를 드러내고 웃는 모습이 몹시 인자한 인상이었다.

나는 시험기간 동안 그들의 신세를 졌을 뿐만 아니라, 입학 후 미아리에서 자취 생활을 할 때에도 주말이면 으레 그들과 어울리곤 했다.

『문장』지에 실린 김동리의 단편 「황토기」를 낭독해주던 중기 형님의 구수한 목소리가 지금도 귀에 들리는 듯하다. 천하장사인 덕보와 억쇠의 운명론적 비극성을 떠올릴 때마다 나는 '암장' 멤버들을 떠올리곤 한다. 인간이 인간답게 살 수 있는 살맛나는 세상으로 변혁하고자 저마다 가슴속에 마그마를 간직했던 그들, 그러나 치솟는 힘을 바르게 한번 써보지도 못한 채 종말을 맞이하고 말았으니 어쩌면 덕보와 억쇠의 운명처럼 그렇게도 허무할 수 있단 말인가!

난생 처음으로 담배를 입에 댄 것도 그 자취방에서였다. 중기 형님이 권하는 '진달래' 한 개비를 다 피우고 나자 머리가 띵한 게 금방이라도 토할 것만 같았다. 억지로 참긴 했으나 결국 집으로 돌아가는 도중에 도로변에 있는 시궁창에다 저녁밥 먹은 걸 죄다 토해내고 말았다. 그걸 기화로 그때 그만 딱 끊었어야 했는데, 도리어 그게 도화선이 되어 여든 살이 넘는 지금까지도 담배를 끊지 못하고 있다.

또 한 가지 잊을 수 없는 것은, 바로 그 옆집에 살고 있는 안두희를 목격한 사실이었다.

하루는 김용원과 함께 그의 자취방으로 가고 있는 중이었다. 명륜동에서 하차하여 막 샛길로 접어들었을 때였다.

자취방이 있는 집과 통하는 다리 바로 옆에 놓인 다리 위에 서 있는 40대 초반의 사내를 눈짓으로 가리키며 김용원이 귓속말로 속삭였다.

"내 말을 듣기만 해라. 바로 저 새끼가 김구 선생을 암살한 안두희다."

나는 귀를 의심하지 않을 수 없었다.

'원수는 외나무다리에서 만난다더니, 하필 이런 자리에서 만나다니!'

바깥바람을 쐬러 나왔는지 뒷짐을 진 자세로 먼산바라기를 하고 있는 그의 인상착의를 나는 적의를 가득 품고 훔쳐보았다, 시원하게 까진 이마하며 오른쪽 눈이 약간 작은 짝눈하며 얇은 윗입술하며 세로로 푸른 줄무늬가 쳐진 파자마에 이르기까지…….

"대한민국도 썩어빠졌지, 저런 개새끼를 살려두다니!" 하고 방 안으로 들어서자마자 김용원은 비분강개한 어조로 울분을 터뜨렸다. "두고 봐라, 언젠가는 반드시 내 손으로 처단할 날이 오고야 말 것이다."

어찌 김용원 혼자만의 감정이었으랴. 국부國父를 암살한 만고역적을 종신형에서 징역 15년으로 감형시켜준 것도 모자라 1년 7개월 만에 특사로 석방하여 원대 복귀시켜 준 데 이어 소령으로 예편한 뒤에는 군납사업으로 떼돈을 벌 수 있도록 주선해주었으니, 그 배후세력에 대하여 국민들은 공분하지 않을 수 없었다. 김용희, 곽태영, 권중희 등 그를 응징하고자 하는 이들의 끈질긴 추적을 교묘하게 피했던 그도 결국은 1996년 10월 23일, 버스 기사 박기서 씨의 '정의봉'이라고 쓴 방망이만은 피할 수가 없었다. 사법부가 해내지 못한 일을 일개 시민의 손으로 이룩해낸 쾌거가 아닐 수 없었다.

### 3

중기 형님이 입대하게 됨에 따라 명륜동의 자취방은 그리 오래 가지 못했다.

입대에 앞서 중기 형님은 전석담이 번역한 마르크스의 『자본론』과 『철학의 빈곤』, 엥겔스의 『반 듀링론』, 레닌의 『유물론과 경험비판론』 등을 내게 건네주며 말했다.

"그동안 용원이가 보던 책들인데, 더 이상 보관했다간 언제 무슨 변고를 당할지 모르니, 춘복이 니가 잘 보관해두었다가 뒷날 돌려다오."

그런데 나는 그 책들 가운데 어느 한 권도 읽어보지 않았으며, 그 뒤의 행방이 어떻게 되었는지 전혀 기억에 남아 있질 않다.

지금 회고해보면, 중기 형님, 금수 형님, 김용원, 김태수, 이들은 모두 암장 멤버들이었다. 평소에는 자기들끼리 어떤 방식으로 독서토론을 했는지 모르지만, 이전과 마찬가지로 내 앞에선 전혀 그런 낌새를 드러내지 않았다.

주부식의 공급원이었던 중기 형님의 입대와 동시에 나머지 세 명 중 한 명은 가정교사로, 두 명은 다른 친구들과 어울려 자취생활을 하게 됨에 따라 나는 더 이상 명륜동에 가서 그들과 어울릴 수 없게 되었다.

그 대신에 김용원과 김태수가 미아리에 있는 내 자취방으로 뻔질나게 드나들곤 했다.

그러나 그마저도 졸업과 동시에 낙향하게 됨에 따라, 게다가 군복무를 마치고 향리에 있는 중·고등학교에 10여 년 동안 교편을 잡게 됨에 따라 근 15년 동안 김용원과의 관계는 자연히 소원해질 수밖에 없었다. 다만 방학을 맞아 한 번씩 올라가 김태수를 통해 근황을 확인해보는 정도로 만족해야만 했다. 향리를 벗어나지 못하고 있는 나와는 달리 동양중·공고 교사로 재직하고 있다는 그가 몹시 부럽기도 했으며, 특히 몇 년 뒤에 교원 임용 특별전형시험에 수석으로 합격하여 일약 경기여고 교사로 특채되었다는 말을 듣고는 역시 '김용원'이구나 싶었다.

그러던 중 1975년 3월 초에 나도 중대부고로 직장을 옮김에 따라 옛날의 친구들과 다시 어울릴 수 있는 발판이 마련되었다.

달포쯤 지난 4월 중순경 을지로4가에 있는 야래향에서 부산고등학교 제10회 동기회 정기총회를 하는 자리에서였다.

한창 주흥이 무르익고 있을 즈음, 앞자리에 앉아 있던 김태수가 갑자기 벌떡 일어나더니만 비장한 어조로 울부짖는 게 아닌가!

"아, 어찌 그날을 잊을 것인가, 우리 동기생 김용원이 사형당한 1975년 4월 9일을……!"

실로 그것은 폭탄선언이 아닐 수 없었다. 옛 우정을 되살리며 한창 화기애애해지고 있던 분위기가 순식간에 냉랭해졌음은 물론, 저마다 바늘방석에 앉아 있는 표정들이었다. 회의 도중에 김용원 동기의 명복을 빌어주는 의식은커녕 그 어느 누구의 입에서도 그의 억울한 죽음에 관하여 일언반구도 언급한 바가 없었기 때문이다. 어쩌면 그날 거기 모였던 동기생들의 대다수가 공범자였는지도 모른다.

고백하거니와, 부끄럽게도 나는 그때까지 김용원의 죽음에 대해서 전혀 알지 못하고 있었다. 아니, 인혁당사건 자체를 까마득히 모르고 있었다는 게 보다 더 적확한 표현일 것 같다. 언론매체와 담벼락을 쌓은 채 원고지와 씨름하고 있었던 것도 원인이었겠지만, 그보다 당시의 나로서는 근본적으로 현실인식이랄지 역사의식이 빈곤했던 게 사실이다.

예컨대, 5·16군사쿠데타 당시 중앙청을 접수한 혁명군 부대에 부식을 공급하라는 임무를 부여받고 국권찬탈에 대한 부정적인 시각은커녕 공포로 모든 차량들을 정지시키며 서울 시내로 진입하는 만행을 저질렀는가 하면, 1972년 말 장기집권을 위하여 유신헌법을 국민투표에 붙였을 당시에는 상부의 지령에 따라 매일 밤마다 학부형들을 찾아다니며 찬성표를 찍도록 회유하는 것도 모자라 반상회에 나가 개헌의 당위성을 설파하는 등 정부의 꼭두각시 노릇을 자행하면서도 일말의 자괴감도 죄책감도 느끼지 못했으니 말이다.

그러다가 마침내 반전의 기회가 찾아왔으니, '동아일보백지광고사태'*와 새마을운동의 허구성을 발견하면서부터 비로소 '이건 아니다' 싶었다.

* 1974년 12월, 박정희 정부의 탄압으로 동아일보에 광고를 내기로 계약했던 회사들이 무더기로 해약당하고, 그 결과 동아일보에서는 광고를 채우지 못한 부분을 백지로 내보내거나 독자들의 격려광고로 채우는 사태가 발생하였다.

연일 계속되는 백지광고와 민초들의 격려광고는 오랫동안 식어 있던 내 문학의 아궁이에 불씨를 지펴주는 계기가 되었다. 자신에게 바른말 잘하는 주인공 팔기가 예약해 놓은 놉자리를 소작인들에게 압력을 가하여 줄줄이 해약시키는 마을의 폭군 영달의 행패는, 스폰서들에게 압력을 가하여 바른말 잘하는 동아일보가 계약해놓은 광고를 무더기로 해약시키는 유신정부의 행패를 풍자한 것에 다름 아니었으며, 멀쩡한 억새지붕을 강제로 걷어내고 슬레이트지붕으로 둔갑시키는가 하면 심사에 대비하여 뿌리도 없는 소나무 둥지를 가로수로 위장하여 심는 등 실적위주의 현시행정에 급급한 새마을운동의 허구성을 비판한 것이 바로 『쌈짓골』이다.

백낙청, 염무웅 선생과 인연을 맺으면서부터 비로소 나는 현실과 역사에 눈을 뜨기 시작했다. 자유실천문인협의회에 가입하여 민주화운동을 하는 과정에서 알게 된 문익환·백기완·리영희·박현채·한승헌·임헌영·양성우·조태일·김민기·이문구·김지하·이호철·유인호·성래운·고은·박태순·황석영·이오덕 등은 나의 스승인 동시에 동지들이었다.

나는 교직에 몸담고 있으면서도 오후에 열리는 각종 시위에 적극적으로 가담하게 되었으며 특히 창작과비평사 망년회 자리에 나가 이들과 스스럼없이 어울리곤 했다.

한 가지 충격적이었던 기억은 1970년대 후반기 어느 해 예의 망년회 자리에 참석했다가, 주최자인 백낙청 선생과 나란히 어깨를 맞대고 앉아 있는 박중기 형님과 해후한 일이었다.

그날 모임에 참석했던 이들은 『창작과비평』지의 기고자들이거나 민주화운동에 헌신하고 있는 분들이거나 둘 중의 하나일진대, 중기 형님은 아무래도 후자에 속할 것 같았다.

그랬다. 알고 보니, 그는 1973년도에 터졌던 이른바 '서울대유인물사건'으로 내란음모죄라는 죄명을 뒤집어쓰고 최동전·김정태·김을수·김달수·이재오 등과 6개월간 옥살이를 한 경력을 지니고 있었다. 이듬해 터졌던 인혁당재건위사건에 연루되어 하마터면 김용원 등과 함께 형장의 이슬로 사라질 뻔했다가 이 사건으로 인하여 모면할 수 있었으니, 아이러니하게도 오히려 전화위복이었던 셈이다.

김용원이 1960년 12월 학병으로 제대한 후 복학하여 민족통일연맹 회원으로 활동하던 중에 연행되어 조사 받았다는 사실도 그날 중기 형님의 입을 통하여 처음으로 알게 되었다.

그날 나는 결심했다, 그 언젠가 김용원의 삶과 죽음을 소재로 글을 써서 그의 원한을 풀어주리라고……. 그리고 중기 형님에게 부탁했다, 내가 전혀 모르고 있는, 다시 말해서 대학 졸업 이후의 그의 행적에 대해서 소상하게 기록해 달라고……. 그도 쾌히 승낙하였다.

그 약조를 지켜 중기 형님이 장문의 메시지를 보내온 것은 그로부터 몇 년 뒤였다.

4

헌쇠 박중기 형님

(…) 1960년 4월혁명으로 자유당 정권이 붕괴됨에 따라 부산 지역에서 '암장'의 존재가 수면 위로 부상할 수 있었던 것은 어쩌면 필연이었는지도 모른다. 여름방학 기간을 이용하여 이수병과 김금수가 주축이 되어 사회과학발표회를 개최한 것을 계기로 여러 단체에서 교섭이 들어왔지만, '자주·민주·평화'를 기본강령으로 정하고 당분간 독자적 행보를 하기로 결정했다는 소식을 들은 것은 제대 말년이었다.

그해 연말에 제대한 나는 친척 누님 댁에서 조카들을 돌보는 대가로 숙식을 해결하기로 했다. 친구들에게 거처를 알리고 우선 민족자주통일협의체민자통의 전신 준비위 사무실에 나가기로 했다. 민족건양회 선생들이 마련한 것으로 당시 인사동 건국대학 앞에 있었다.

한편 SO군번으로 나보다 먼저 제대하여 복학한 김용원은 암장 멤버의 일원인 이수병의 자취방에 거처를 정하고, 휴학 기간

1년과 군대 생활 1년 6개월의 공백'을 메우느라, 일체의 잡념을 버리고 오로지 강의실과 도서관에만 오갔다.

나 또한 그럴 생각이었다. 그러나 4월혁명이 낳은 주변 환경이 나를 외면하지 않고 유혹했다. 그 흡인력은 너무도 강렬했다. 마치 정지된 시간 속에 살다 온 사람처럼 소외감에 시달리고 있던 어느 날, 문리대로 찾아가 김용원에게 민통련 회원인 사학과 김상립을 소개해줬다.

4월혁명 1주년을 앞두고 학교는 물론 사회 전체가 요동치고 있을 때였다. 곧 군사쿠데타가 있을 것이라는 근거 없는 유언비어가 나돌고 있는 가운데, 5월 5일 민족통일전국학생연맹 준비위원회를 개최한 데 이어, 5월 13일 "가자 북으로! 오라 남으로! 이 땅이 뉘 땅인데 오도 가도 못하느냐!"라는 기치를 내걸고 민족자주통일중앙협의회 주최 남북학생회담 환영 및 통일촉진궐기대회를 동대문 서울대운동장에서 5만 관중이 운집한 가운데 거행했다. 그러나 내 생각과는 달리 김용원은 이러한 사회 현상에 큰 관심을 두지 않았다. 이수병이 자주 문리대에 나타났지만 별다른 반응을 보이지도 않았다. 복학한 60년 2학기부터 졸업학기인 62년도 2학기에 이르기까지의 그의 성적표를 보면 '교육학'에 관한 여러 과목을 이수했던바. 아마도 복학하면서 진로를 교직으로 굳힌 것 같았다.

5월 16일 새벽. 마침내 '유언비어'가 '비어실체蜚語實體'로 나타나, 탱크와 총칼로 무장한 이들이 반정부 인사들을 마구잡이로 잡아들였다. 이수병은 대전·전주·광주 등지로 민자통 주최 순회강연을 하던 도중에 쿠데타가 발발했다는 소식을 듣고 고향으로 피신해 가다가 마을 앞 고개에서 걸려들고 말았다. 혁명재판소에서는 연일 '사형' 내지 '무기형'을 발표했다. 이수병은 15년형을 선고받았다.

아침저녁으로 이수병과 김용원의 자취방에 드나들던, 때로는 숙식을 함께 했던 동지들이 종적을 감추어 버린 것은 너무도 당연한 일, 그러나 김용원은 끝내 방을 비울 수가 없어 죽치고 지냈다. 당할 때 당하더라도 혹시 동지들이 찾아올는지도 모르기 때문이었다.

1962년 학기 초, 김용원은 친구가 하던 가정교사 자리를 인계받아 장충동에 있는 모 인사의 집에 들어가 고3짜리 동생과 재수생인 형을 가르치게 되었다.

그해 11월 무렵에 그는 김태수의 소개로 유승옥과 사귀기 시작했다. 김태수가 가정교사로 들어 있는 집의 딸이었으므로, 겸사겸사해서 성북동에 있는 그녀의 집에 뻔질나게 드나들었다.

그 무렵 나는 시골로 피신했다가 2차 정치정화법에서 해금되어 서울로 올라와 친척집에 기식하면서 장충동에 방을 얻어 초등학생들을 모아 놓고 그룹과외를 하기 시작했다.

마침 김용원이 가정교사로 있는 집과 한 이웃인지라, 나는 과

외가 끝나고 나면 누구와도 어울려 놀 수 있는 공간으로 활용했다. 따라서 흩어졌던 동지들이 다시 집결할 수 있는 계기가 되었다.

1963년 2월, 김용원은 마침내 대학을 졸업한 데 이어 중등학교 2급 정교사 자격증을 취득했다. 그리고 가정교사로 있던 집에서 나와 나랑 함께 있게 됨에 따라 우리 방은 때로는 여인숙처럼, 때로는 토론장처럼 한층 더 활기를 띠게 되었다.

5월에 접어들어 나는 정치평론 전문잡지인 『민주여론』 기자로 채용되었다. 난생 처음으로 잡은 직장이었지만 실망이 여간 크지 않았다. 3개월이 지나도록 급료를 한 푼도 쥐어보지 못했다면 알만 하지 않은가. 한 달만 더 참아 보고 용단을 내리기로 했다. 김용원 역시 여러 곳에 이력서를 내어 보았지만 신통치 않았다.

그해 9월에 『한국여론』 쪽에서 내게 손짓을 보내왔다. 이왕이면 자기네 쪽으로 와 달라는 것이었다. 월급을 제대로 주느냐고 물어보자, 짜기는 해도 사무실 임대료와 직원들의 월급만은 미루지 않는다기에 나는 얼씨구나 하고 자리를 옮겼다.

마침내 김용원도 동양중학교 시간강사로 발령이 났다.

1964년 3월 6일, 그는 가슴 벅찬 설렘으로 첫 출근을 했다. 담당 과목은 물상. 제1교시에 배정된 학급에 들어가서 학생들과 인사를 하고 가능한 한 자상한 선생으로 보이도록 애썼다.

그런데 어찌된 영문인지 수업에는 아예 관심이 없는 듯 학생들이 술렁이고 있었다. 제2교시에 다른 교실에 들어갔을 때에도 마찬가지였다. 학생들로부터 배척을 당하는 것만 같아 여간 불안하지 않았다.

그날 오후에 배달된 석간신문 1면을 보는 순간 그 불안은 해소되었다. '한일회담 반대, 모 모 고교생 등 학생 수천 명 가두 진출'이라는 대문짝만 한 기사가 실려 있었던 것이다.

다음날도 그다음날도 시위는 계속되었다. 마침내 동양중·공고 학생들도 무단결석생수가 눈덩이처럼 불어나더니만, 종당에는 학생 없는 텅 빈 교실에 선생이 들어가는 기이한 현상이 일어나고 말았다.

그러던 어느 날 바로 옆 교실에서 빈 교실을 지키고 있던 선생이 옆자리에 와 앉으며 "지루하시죠?" 하고 묻는 것이었다. 김용원은 담담한 어조로 응대했다.

"어쩌겠어요, 달리 도리가 없지 않습니까?"

"어린 것들이 알면 얼마나 안다고 감히 정치에 관여하다니! 너무 과한 거 아네요?"

한동안 뜸을 들인 끝에 김용원은 입을 연다.

"학년이나 나이만으로 판단기준을 삼기는 어렵죠. 4년 전 4·19 당시를 생각해보십쇼. 혜화국민학교, 수송국민학교, 재동국민학교 3. 4학년 꼬마들도 데모에 참여했잖아요. 당시 그 꼬마들이 쓴 시나 일기장을 보면, 과연 국민학교 학생들이 썼을까 싶을 정도로 얼마나 감동적이었습니까. 바로 그 꼬마들이 이제 중학생이 된 거죠. 머리통이 그만큼 굵어졌으니까 총칼로 일어선 군사정권이 옳지 않다는 걸 알아낸 셈이죠. 그러고 보니 지금 우리는 역사 현장의 한복판에 서있는 셈입니다."

그랬다. 김용원은 이미 5·16의 부당성과 언젠가 다가올 그 종말을 예견하고 있었던 것이다.

하지만 교실이 텅텅 비다 보니, 시간강사인 그로서는 불안할 수밖에 없었다. 생계가 막막했다. 수업을 하지 않으니 그만큼 수당도 깎일 것이기 때문이었다.

6·3사태가 정점을 향해 치닫고 있던 어느 날이었다. 취재를 마치고 새벽 1시경당시 정부주요기관 출입 기자에게는 야간통행증이 발급되었다.에 집에 들어갔더니, 그 시간까지 자지 않고 나를 기다리고 있던 김용원이 그믐밤에 홍두깨도 아니고 결혼 문제를 불쑥 꺼내는 것이었다.

요점인즉슨, 결혼을 하기로 결정했다는 것이다. 상대는 배화여고 출신이며, 진주 유 씨인데 김태수의 소개로 사귀게 되었다고 했다. 시골 형님들한테는 아무것도 준비하지 말라는 당부까지 했다고 했다. 당신네들 덕분에 대학까지 나와 직장을 가지게 됐으면 그것으로 만족해야지 그 이상 더 짐을 지울 수가 없었다면서, 그 대신에 나더러 좀 도와 달라는 것이었다.

나는 가슴이 울컥하며 목이 메었다. 단순히 결혼식 뒷일을 봐달라고 기다린 것도 아닌 것 같았다. 되돌아 생각해보니 그를 알게 된 지도 어언 8여 년, 군대생활 3년의 격리 기간이 있긴 했지만, 그러나 그건 결코 '격리'가 아니었다. 오히려 이심전심으로 소통하며 보낸 숙성의 시간이었다고 나는 확신했다.

우리가 살고 있는 장충동에서 가까운 을지로 5가의 을지예식장에서 거행된 결혼식은 생각보다 수월하게 진행되었다. 그리고 마침내 그는 7월 3일, 직장이 있는 흑석동에 단칸방을 얻어 신혼살림을 꾸렸다.

어느 날 아침, 취재차 국회로 나가던 나는 두 눈을 의심하지 않을 수 없었다. 길가 요소요소마다 도예종 선생과 김정강의 현상수배 포스터가 나붙어 있는 것이 아닌가! 섬뜩한 생각이 들지 않을 수 없었던 것이. 공교롭게도 그 당시 도예종 선생은 내 자취방에 숨어 지냈던 것이다. 군정도 끝나고 새로운 대통령도 뽑았지만, 아직도 그는 정보기관의 눈을 피해 다니는 중이었다. 나중에야 알았지만 같은 국회출입기자인 합동통신사 정도영 선생이 도예종 선생의 도피자금을 댔고, 그걸 전무배 선생이 받아 국회 화장실에서 나에게 몰래 건네주곤 했던 것이다.

나는 출근할 때마다 절대로 바깥에 나오지 말라고 신신당부하며 물과 먹을 것은 물론, 대소변까지도 방 안에서 해결하게끔 깡통을 넣어주고 밖에서 문을 잠그곤 했던 터였다.

그로부터 며칠 뒤였다. 하루는 퇴근하여 집에 와 보니 도예종 선생이 보이질 않았다. 결국 경찰이 귀신같이 알아내어 연행해 가고 말았던 것이다. 그리고 며칠 뒤에 취재 도중에 나도 성북 경찰서로 끌려갔다. 도무지 이해할 수 없는 것은, 무슨 혐의로 연행했는지, 수갑을 채워 앉혀 놓은 채 아무 것도 묻지 않았다. 다음날 아침 일찍 중앙정보부에서 나온 이들이 서울역 건너편 양동에 있는 사무실로 연행해 가더니, 불문곡직 냅다 두드려 패기 시작하는 것이었다. 나는 기가 죽어선 안 되겠다 싶어 마구 대들었다, '물어볼 게 있으면 곱게 물어봐야지. 왜 사람을 두드려 패느냐?'고……. 그러나 돌아오는 것은 몽둥이찜질뿐이었다. 지금껏 나는 그놈의 이름을 잊지 않고 있다. '양해주', 왜정 때 형사앞잡이를 하다가 해방 이후에 정식으로 경찰에 들어가 좋은 자리를 꿰어 찬 놈이었다. 그런 기싸움을 한창 벌이고 있는 도중에 아니나 다를까 '도예종을 왜 숨겨 주었느냐?'고 묻는 것이었다. 나는 '그 사람 숨겨준 적이 없다.'고 딱 잡아뗐었다. 그런데 사흘 뒤에 끌려온 모 선생이 내가 부인하고 있는 줄을 까마득히 모르고 '도예종이 박중기 자취방에 숨어 지냈다.'고 불어버렸던 것이다. 나는 거짓말한 게 들통이 나 더 심한 고문을 당해야 했다.*

* 이 일로 기소가 되어 1년형을 받고 만기를 채운 후 풀려났다.

뒷날 안 일이지만, 김용원도 나와 같은 이유로 끌려가 20일 동안 죽도록 얻어맞고 나왔다고 했다. 워낙 말 수가 적고 거짓말을 못하는 성미이다 보니, 알면서 감추는 줄 알고 더 심하게 다루었던 것이다.

재판에 회부되어 1년형을 언도받은 나와는 달리 김용원은 다행히도 풀려나긴 했지만 쥐꼬리보다도 적은 시간강사 급료로는 생계가 막막했다. 궁여지책으로 리어카를 한 대 사서 부업으로 야채장수를 시작했다. 첫새벽에 용산 청과시장에 건너가 사온 야채를 흑석시장 바닥에서 되파는 일이었다. 그러다가 부인이 챙겨다주는 아침밥을 먹고 출근했다가 퇴근하자마자 곧장 돌아와 부인과 함께 장사를 계속하곤 했다. 팔다 남은 여분은 시래기 값을 받고 처분했다. 고생에 비하면 이윤이 박했다. 한강을 건너가며 리어카를 세워놓고 강물에 투신하고 싶은 충동을 느낀 적이 한두 번이 아니었다고 술회하는 말을 들으며 나는 울컥했다.

"미안하다, 용원아. 내가 옆에 있어 도와줬어야 했는데……."

1년형을 살고 나온 내가 해 줄 수 있는 것은 이 말 한 마디뿐이었다.

그러다가 어느 날, 그는 결심을 하게 된다. 미적분, 역학, 물리학, 영어 등을 다시 공부하기 시작했다. 그리하여 그는 1969년 9월에 서울시 교육위원회에서 시행한 중등교원 특별채용전형

시험에 응시하여 물리 과목에서 최고점으로 합격한다. 그리고 일약 경기여고 교사로 발탁되는 영광을 안게 된다.

당시 경기여고는 성적순으로 반 배정을 했었는데, 이듬해 담임을 맡은 그는 학급 성적을 두 단계나 수직 상승시켰을 정도로 최선을 다했다. 5년간 연속 우수교사로 선정되었다는 것은 그가 얼마나 교단에 열정을 쏟아 부었는가를 단적으로 보여주는 방증이라 하겠다.

그가 경기여고에 부임하기 1년 전인 1968년 4월 17일, 뜻밖에도 이수병이 감형되어 출감했다. 실로 7년 만의 재회였다. 그는 출옥한 뒤 잠시 고향에 머물러 있다가 동지들이 있는 서울로 다시 돌아왔다.

3선 개헌으로 장기집권의 길을 튼 박정희 정부를 수수방관할 이수병이 아니었다. 1970년 전태일의 죽음으로 사회는 다시 들썩거렸다. 이수병은 재기의 꿈을 안고 옛 동지들을 다시 불러 모았다. 경남 고향에서 교편을 잡고 있는 김종대와 유진곤을 불러 올린 데 이어, 4·19혁명 시기와 감옥에서 만난 혁신계 인사들을 접촉해 나가기 시작했다.

1972년 유신헌법이 탄생하면서 그의 발걸음은 더욱 바빠졌다. 민주수호국민협의회의 결성으로 재야세력이 결집됨에 따라 이전처럼 공개적인 활동을 할 수 없는지라 물밑에서 바쁘게 움직였다. 1971년 대통령선거 시기에는 야권후보 단일화를 위해

될 정도로 활동영역이 넓혀져 있었다.

이러한 이수병의 활약상을 곁에서 묵묵히 지켜보는 김용원은 서서히 그의 영향을 받게 된다.

어느 날 김용원이 내게 물었다.

"형, 철부지 시절에 읽었던 『자본론』을 제대로 다시 한 번 읽어보고 싶은데 어떻게 하면 이해가 빠를까?"

시국에 대해서 별로 관심을 보이지 않던 그가 이렇게 물어오자, 나는 반사적으로 이수병이 떠올랐다. 구체적으로 들은 바는 없지만, 아마도 이수병은 김용원에게 이제 자리도 잡고 했으니 뭔가 해야 될 것이 아니냐고 제안했을 터였다. 그러자 '암장' 시절 당시 검정고시 준비 관계로 적극적으로 참여하지 못했던 안타까움과 4월혁명 당시 나와 이수병과는 달리 캠퍼스 밖으로 나서지 못한 데 대한 미안함과 6·3사태 때 학생들이 없는 텅 빈 교실을 지키기에만 급급했던 죄책감에 시달리고 있던 그로서는 차마 그 손길을 뿌리칠 수 없었으리라.

나는 적잖이 당황하면서도 진지하게 대답했다.

"경제학개론, 경제사를 먼저 정독해서 깨친 다음에 문화사 같은 세계사 윤곽을 알 수 있는 책들을 곁들여 보고 나서 읽으면 이해하기 쉬울 거다."

김용원은 집요했다. 그는 한번 마음먹으면 끝장을 보고야 마는 기질이었다. 나의 이야기를 그대로 따라했음은 물론, 철학과

교수였던 이영호를 통해 헤겔의 여러 저서하며, 월북 작가들의 문학작품도 많이 읽었다. 그렇게 2년간 책벌레가 되더니 사람이 엄청나게 달라졌다.

그 무렵 이수병은 대구의 도예종과 서도원, 서울의 우홍선우동읍, 전남의 김세원, 경남의 이영석 등을 개별적으로 만나며 철저한 삼불원칙*하에 전국적인 비공개비합 활동을 하고 있었다. 따라서 조직 이름도 없었다. 다만 편의상 '4인모임', '5인모임', 또는 '서울모임', '대구모임' 등의 명칭을 썼을 뿐이다. 이러한 무명의 모임을 중앙정보부는 조사과정에서 '인민혁명당재건위원회약칭 인혁당재건위'니, '민족지도부'니, '서울지도부'니 하는 거창한 명칭으로 날조 조작하여 '북한의 지령을 받아 국가전복을 기도했다.'는 누명을 뒤집어씌웠던 것이다.

어쨌든 이수병의 요청을 받고 사회과학 공부까지 하게 된 김용원은 조직원들의 학습을 담당하는 교양부 일을 맡게 되었던 것인데, 이 역시 중정조사과정에서 '학원문화담당'을 했다고 조작되었다. 교양부는 새로 접촉하게 된 조직원들을 가르치는 임무를 맡았던 부서로서 김용원이 어떤 사람들을 어떻게 가르쳤는지 아는 사람은 아무도 없다. 삼불원칙에 의해 지시한 사람과 당사자 이외에는 알 수가 없기 때문이다.

* 문서로 남기지 않는다不文, 조직에 관한 불필요한 말을 하지 않는다不言, 기구나 개인 명칭을 쓰지 않는다不名.

1973년 당시 나 역시 이수병과 함께 활동하는 과정에서 김○○이라는 서울대생을 밑에 두고 있었는데, 그게 사달이 될 줄 누가 알았겠는가! 나를 만나는 사실을 떠벌여 최 모, 김 모 학생들이 나를 찾아오게 한 데까지는 좋았다고 치자, 그런데 유인물을 들고 다니다가 경찰에 붙잡힌 그들이 고문에 못 이겨 그만 내 이름을 불고 말았던 것이다. 나는 끝까지 모르쇠로 일관하며 버텼지만 재판까지 받고 이듬해인 1974년 4월에야 무죄로 풀려날 수 있었다. 민청학련사건이 터지자 '인혁당재건위'가 그 배후세력이라고 날조하고, 북한의 지령을 받아 국가전복을 기도했다고 조작하여 김용원을 비롯한 많은 인사들이 잡혀갔지만, 아이러니하게도 나는 그 사건으로 면피될 수 있었던 것이다. 한편으로는 그 학생들이 고맙기 그지없긴 하지만, 다른 한편으론 그로 인하여 나를 대신하여 억울하게 유명을 달리하게 된 김용원을 생각하면 가슴이 아플 뿐이다. 당사자와 그의 가족에게 인간적으로 너무나 미안한 일이다.

## 5

한마디로 요약해서, 인혁당재건위사건은 유신체제에 저항하는 세력이 요원의 들불처럼 번지자 손바닥으로 하늘을 가리려 했던 박정희 정부의 조작극에 다름 아니었다.

결국 김용원·도예종·서도원·송상진·여정남·우홍선·이수

병·하재완 등 8명은 대통령긴급조치 및 국가보안법, 반공법 위반, 내란예비음모죄 등 대역죄인의 누명을 뒤집어쓴 채, 1975년 4월 8일 사형을 선고받고 18시간 만인 다음 날 새벽 4시부터 시작해 차례로 교수형으로 생을 마감한다. 이들은 죽어서도 시신조차 가족의 품으로 돌아가지 못하고 정부당국에 의해 경기도 벽제 화장터에서 태워지는 한을 안고 갔다.

이로 인해 국내외로부터 '사법살인'이라는 비판을 들었으며, 특히 스위스에 본부를 둔 국제법학자협회는 이날을 '사법 암흑의 날'로 선포하기도 했다.

인혁당재건위사건으로 억울하게 희생된 이들
상: 김용원·도예종·서도원·송상진
하: 여정남·우홍선·이수병·하재완

당시 육군 제1교도소 군종실장으로 사형 집행 현장에 입회했던 박정일 목사의 증언을 취재한 기사*의 한 부분을 보자.

> 새벽 4시 30분 흰색 죄수복을 입은 첫 번째 사형수가 들어왔다. 백열등이 환하게 켜진 방 안으로 들어온 그는 어리둥절한 표정이었다.
>
> "여기가 어디야? 도대체 무슨 일이야?"
>
> 주위를 둘러본 그가 물었다. 법무관은 그 질문에 답하지 않았다. 대신 사형을 집행한다는 판결문을 읽고 유언을 물었다.
>
> "난 억울해. 하지만 언젠간 모든 일이 밝혀질 거요."
>
> 사형수는 담담한 표정으로 말했다. 집행관은 사형수의 머리 위에 검은 복면을 씌웠다. 목에 밧줄도 감았다. 잠시 뒤 버튼을 누르자 사형수 발밑의 송판이 열렸다. 군의관이 다가가 숨진 것을 확인하고 주검을 치웠다.
>
> "한 사람당 30분씩 걸렸다."고 박 목사는 회고했다.
>
> 뒤이어 들어온 사형수들도 자신의 죄를 인정하지 않았다.
>
> "마지막 가는 길을 위해 목사님이 오셨습니다. 기도를 요청하시겠습니까?"라는 질문에도 답하는 사형수는 없었다. 박 목사 역시 사형수들에게 말 한 마디 건네지 못했다. "저도 너무 긴

* 『한겨레』, 김지훈 기자와의 인터뷰 기사, 2011. 9. 11.

장해서… 마음속으로만 기도했지요."

어느 사형수는 마지막 소원이라며 아들을 만나고 싶다고 말했다. 법무관은 받아들이지 않았다. "담배 한 개비 피우고 싶다."는 소원도 허락되지 않았다.

"새장에 갇힌 새가 날지도 못하고 억울하게 죽는다.", "언젠가 이 더러운 정권은 망한다." 마지막 소원조차 들어주지 않는 이들에게 남긴 사형수들의 마지막 말을 박 목사는 기억한다.

나는 '마지막 소원이라며 아들을 만나고 싶다.'고 말한 이가 십중팔구 김용원이었을 거라는 생각으로 한동안 가슴이 아렸다.

권력은 짧고 인권은 길다고 했던가. 그날 이후 유가족을 비롯한 사회 각계각층의 진상규명 노력이 펼쳐져, 1995년에 현 서대문형무소역사관에서 20주기 추모제를 공개적으로 개최한 데 이어, 2002년 9월 의문사진상규명위원회에서 '인혁당재건위사건은 중앙정보부의 조작'이라 발표하기에 이른다. 이에 유족들의 재심소를 받아들인 서울중앙지법은 마침내 2007년 1월 23일 피고인 8명의 무죄를 선고하는 한편, 유족들에게 국가가 637억 원을 지급하라고 판결함으로써 이 사건이 원천적으로 잘못된 것이었음을 공식적으로 인정했다.

## 6

그로부터 5년 뒤인 2012년 5월의 어느 날이었다. 박중기 형님에게서 전화가 왔다.

내용인즉, 경남 함안군 선산 묘지에 있는 김용원의 묘를 경기도 남양주군 마석 모란민주공원묘지로 옮기고 오는 21일 정오에 이장식을 거행하니, 나더러 당일 현장에 참석하여 추도사를 낭독하라는 것이었다. 이보다 더 반가운 말이 어디 있으랴!

김금수 형님(좌)과 나란히 앉은 저자
사진 제공: 4·9통일평화재단 이창훈 사료실장

불원천리 달려가 당일 오전 9시에 약속장소인 탑골공원에서 오랜만에 만난 금수 형님, 중기 형님과 함께 전세버스를 타고 현장으로 향했다. 금수 형님은 KBS 이사장직에서 물러나와 한국노동사회연구소 명예이사장으로, 중기 형님은 4·9통일평화재단 이사로 직함을 올려놓고 있었다.

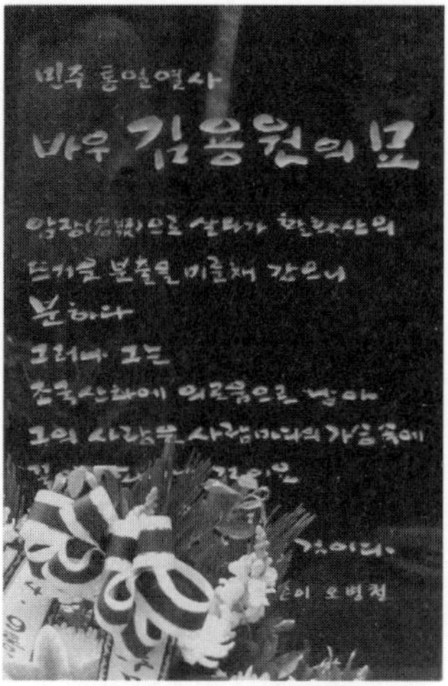

바우 김용원 열사의 묘비명

우홍선 열사의 부인인 강순희 여사를 비롯하여 함께 옥고를 치른 김규철·황현승·김한덕·이창복·김종대 씨와 성균관대 성대경 명예교수·사월혁명회 김동식 공동의장과 회원들·민자통 김을수 의장·범민련 남측본부 김영옥 고문·김정남 전 청와대 사회교육문화 수석비서관·이부영 전 민주당 대표·박석무 다산연구소 이사장·경희총민주동문회 김용호 회장과 회원들 등 60여 명의 인사들이 동참했다.

특히 김규철 씨는 밀성고등학교 재직 당시 이웃 학교에 적을 두고 있던 나와 친분이 있었던 분으로, 한때 '빨갱이 선생'이라는 누명으로 밀양 사회를 발칵 뒤집었던 인물인지라, 40여 년 만에 뜻밖의 자리에서 만났으니 감회가 각별할 수밖에 없었다.

김용원의 부인 유승옥 여사를 만난 것도 그날이 처음이었다. 나는 그녀와 그의 아들 민환 군 앞에서 죄인일 수밖에 없었다.

봉분 옆에 설치된 묘비명을 대하자 가슴이 뭉클했다. 나는 숙연한 마음으로 읽어나갔다.

> 암장巖漿으로 살다가/ 활화산의 뜨거운 분출을 미룬 채 갔으니 분하다/ 그러나 그는 조국의 산하에 의로움으로 남아/ 그의 사랑은 사람마다의 가슴 속에 꽃으로 피어날 것이요/ 그의 생각과 열정은 겨레의 숨결로 살아날 것이다

박중기 형님이 침통한 목소리로 혼잣말처럼 중얼거렸다.

"용원이는 죽을 사람이 아니었어. 내 대신으로 죽은 거야."

이윽고 이수병선생기념사업회 및 경희총민주동문회 김종욱 사무국장의 사회로 식이 시작되었다. 유승옥 여사의 분향과 헌작·헌화에 이어 고인에 대한 묵념, 내빈 소개, 4·9통일평화재단 이창훈 사료실장의 고인의 약력 소개가 끝나자 추도사를 낭독할 순서가 되었다.

먼저 김금수 형님이 마이크를 잡고 "오늘날 우리를 둘러싼 상황에 비추어 살아생전 당신이 희구했던 '사람이 사람답게 살 수 있는 세상'은 아직 성취되지 못하였다." 하고는 "지금은 그러한 일이 막막하게만 보일지 몰라도 모든 사람들이 사람답게 살아가기를 소망할진대, 기필코 밝은 미래는 이룩될 수밖에 없겠지요. 오늘 우리는 당신이 희구했던 이상을 결코 잊지 않을 것이며 또한 당신이 추구했던 인간평등의 새로운 세상을 만들어 나가기 위해 노력을 아끼지 않을 것이다."라고 힘주어 말했다.

추도사를 낭독하는 저자

사진 제공: 4·9통일평화재단 이창훈 사료실장

다음은 내 차례였다. 마이크를 잡자 눈앞이 뿌옇게 흐려지며 다리가 마구 후들거렸다. 나는 미리 준비해간 원고를 떨리는 목소리로 천천히 또박또박 읽어 나갔다.

> 독재자가 '사슴'을 가리켜 '말'이라고 하면, '사슴'이 '말'로 둔갑했던 시대였다.
>
> 권력과 황금에 눈이 먼 하수인들은 온갖 허구와 찬사를 동원

하여 '사슴'이 '말'임을 위증하고 찬미하기에 급급했던 악몽과 도 같았던 그 시대.

나의 영원한 벗 용원아!

너는 그 독재자에 맞서서 '사슴'을 '사슴'이라고 주장하다가, 끝내 '대통령긴급조치 위반 · 국가보안법 위반 · 내란예비음모 · 반공법 위반'이라는 어마어마한 누명을 뒤집어쓰고 우리의 곁을 영영 떠나고 말았다.

아, 1975년 4월 9일! 통한의 그날을 국제법학자협회에서는 '사법사상 암흑의 날'로 선포했다. 그랬다. 그것은 천인공노할 '사법살인'이었다.

그러나 총으로 일어선 자는 총으로 망하는 법, '중단 없는 전진'이라는 미명하에 영구집권을 획책하던 독재자는 마침내 심복의 총탄에 비명횡사했으며, '구국의 등불'로 미화되던 '유신' 또한 그와 함께 흔적도 없이 자취를 감추고 말았으니, 하늘은 역시 양심의 편이었다.

2002년 9월 12일, '중앙정보부의 조작'이라는 진상조사 결과가 발표된 데 이어 2007년 1월 23일, 무죄를 선고받기까지, 용원아! 지하에서 얼마나 분통하고 억울한 몸부림을 쳐왔던가!

그러한 와중에도 너의 사랑하는 아내 유승옥 여사께서는 민환이 · 효숙이 · 정진이 3남매를 참으로 훌륭하게 잘 키워내었구나. '간첩의 아내, 빨갱이의 새끼들'이라는 주위의 따가운 시선 속에서, 손가락질 속에서, 너의 사랑하는 가족들, 그 모진 세월을 참으로 굳건하게 잘도 버티어내었구나!

나의 영원한 벗 용원아!
함안 골짜기의 이름 없는 잡초들 속에 파묻혀 통한의 세월을 지내다가 이곳 민주열사의 성지 모란공원으로 이사하여 문익환 목사 · 전태일 열사 · 박종철 열사 · 김근태 의장 등 많은 동지들과 이웃하게 되었으니 다소나마 위안이 되리라 믿는다.
'간첩의 아내, 빨갱이의 새끼들'이 아니라, 인제부터는 '민주열사의 아내' · '통일열사의 아들딸'로 당당하게 거듭나게 되었으니, 이 또한 그나마 다행한 일이라 하겠다.

오늘날 우리는 양심이 실종된 시대에 살고 있다.
가족양심 · 집단양심 · 지역양심 · 종교양심 · 정당양심에만 혈안이 되어, 정작 그 상위개념인 국가양심 · 민족양심 · 시대양심 · 인류양심 따위는 아예 안중에도 없는 고약한 시대가 되고 말았다.
이 실종된 국가양심 · 민족양심 · 시대양심 · 인류양심, 이를 회복하는 일이야말로 살아 있는 우리들의 몫이 아니겠는가.
참배하는 분들마다 한결같이 '영면하시라'고 축원하겠지만,

아직도 독재자의 잔당들과 추종자들이 준동하고 있을진대, 네 어찌 눈을 감을 수 있을 것인가! 너의 육신은 비록 우리의 곁을 떠났지만, 너의 그 숭고한 영혼은 항상 우리와 함께 있어야만 하는 이유이다.
그날이 올 때까지 잠들지 말라. 도끼눈 시퍼렇게 부릅뜨고 지켜보면서 성원을 보내주기 바란다.

용원아! 면목이 없다. 너의 살붙이들이 어떻게 지내고 있는지, 어떻게 자라고 있는지, 이 못난 친구 단 한 번도 찾아가 뵙지 못했다. 뿐만 아니라, 지난 37년 동안 단 한 번도 함안에 가보지도 못했다. 이 자리에 계시는 모든 분들, 특히 중기 형님 · 금수 형님의 백분의 일만 따랐던들, 이렇게까지 부끄럽지는 않을 것이다. 너그러운 마음으로 용서해다오.

나의 영원한 벗 용원아!
네가 그렇게도 소원했던, 우리들 모두가 갈망하는 살맛나는 세상을 만드는 일에 미력하나마 나의 여생을 바칠 것을 다짐하면서, 맑은 술 한 잔 올린다.

2012년 5월 19일
못난 친구 춘복이가

김용원 열사 모란공원 이장식을 마치고

뒤이어 유족을 대표하여 고인의 장남 김민환은 '민주의 성지인 이곳 모란공원으로 아버님을 모시게 되어 밀린 숙제를 해결한 것 같은 생각이 든다.'면서 '저희 가족은 아버님의 뜻을 기려 우리 사회의 민주진보단체들과 소외계층에 대한 지원활동을 하기 위해 조만간 아버님 명의의 장학재단을 설립할 계획'이라고 밝혔다.

기념사진을 촬영하고 나서 문익환 목사, 김근태 전 민주통합당 상임고문, 전태일 노동운동가, 박종철 민주운동가, 용산참사 희생자들의 묘소도 둘러보았다.

그로부터 몇 개월 뒤였다

'아직도 독재자의 잔당들과 추종자들이 준동하고 있다.'고 한 추도사의 한 구절을 입증해주는 대표적인 사건이 터지고 말았으니, 2004년 8월과 2005년 12월에 국정원이 공개적으로 '인혁당사건은 조작'이라고 발표했음에도 불구하고, 대선에 출마한 유신공주 박근혜는 2012년 9월 10일 MBC 라디오 '손석희의 시선집중'에 출연하여 인혁당재건위사건에 대해 '동일한 사건을 두고 다른 판단이 나왔기 때문에 역사의 판단에 맡겨야 한다.'는 망언도 모자라 '피해 유족에 대한 추가적 사과나 새롭게 변화한 입장이 없다.'고 밝힌 것이 그것이다. '동일한 사건을 두고 다른 판단'이라니, 어찌 그녀는 똥오줌을 분간하지 못할까.

박근혜의 망언에 울분을 터뜨리며 항의하고 있는
김용원 열사의 미망인 유승옥 여사(좌)와 그 밖의 유족들

이에 분노한 인혁당재건위사건 사형수 유가족들과 징역형을 받은 관련자 일동은 2012년 9월 12일 「박근혜는 역사와 국민 앞에 무릎 꿇고 사죄하라」는 성명서를 발표하기에 이른다.

이미 박근혜는 2005년도 인혁당재건위사건이 조작되었다는 국정원발전위 조사결과를 두고도 '한마디로 가치가 없는 것이며 모함'이라고 발언한 바 있다. 사람이 억울하게 여덟 분이나 사형을 당한 사건을 두고 가치가 없고, 자신에 대한 모함이라고 강변하는 박근혜는 최소한 인간에 대한 예의조차 있는가. 입이 있으면 대답을 해보라. 인간의 생명이 무고하게 짓밟힌 이 사건이 당신에게는 가치가 없고 모함이란 말인가. 진정 당신의 몸에도 인간의 뜨거운 피가 흐르는가.

나는 『칼춤』에서 김용원의 억울한 죽음에 대해서 이렇게나마 언급함으로써 다소의 위안으로 삼았다.

다음은 주인공인 '나'와 '이 관장'이 주고받는 대화이다.

"제가 아는 분 가운데에도 인혁당에 연루됐던 분이 두 분이나 계십니다. 한 분은 신천동 바로 제 이웃집에 살았던 '라경일'이라는 분이시고……."

"2차 때 무기징역형을 받은 분 아니십니까?"

"맞습니다. 만 8년 8개월 만에 석방돼갖고 현재 범어동에 있는 모 아파트 관리소장으로 계시면서 몇몇 진보단체의 고문을 맡고 계시는 것으로 알고 있습니다."

"또 한 분은요?"

"제 친구의 선친이신데, 사형당한 여덟 명 가운데 한 사람인 김용원이라는 분이십니다.."

"그 당시 그분의 부인도 엄청나게 고통을 받았다고 들었습니다."

"말도 마십시오. 몇 날 며칠 동안 잠을 재우지 않고 갖은 회유와 협박을 가해도 굴하지 않자, 마지막에는 '요힌빈'이라는 거 있지 않습니까, 돼지 교배시킬 때 먹이는 최음제 말입니다. 그걸 강제로 먹여 환각상태에 빠뜨려 본의 아니게 자백서를 쓰게 했다지 뭡니까, '제 남편은 간첩입니다.'라고……. 이런 개 같은 정부가 어디 있습니까!"

그 언젠가 통일은 반드시 오고야 말 것이다.

2018평창동계올림픽에 이어 남북정상회담 및 북미정상회담을 지켜보면서 나는 문득 이런 구절이 떠올랐다.

'통일이란 더디고 불확실한 것이지만 어느 날 갑자기 눈앞에 열린다.'

『경남작가』 제33호, 2018

# H 스님*께

H 스님!

뒷산자락에서 뻐꾸기가 피울음을 울던 11년 전의 어느 여름날 오후. 비장한 각오를 하고 서울로 솔가해 가는 이 속형俗兄의 손을 굳게 잡으며 스님은 이렇게 말했습니다.

"형님은 대한민국에서 제일가는 소설가가 되십시오. 저는 대한민국에서 제일가는 고승高僧이 되겠습니다."

속형은 상경한 지 1년 뒤 늦깎이로 데뷔하여 지금껏 나름대로 시류時流에 초연한 채 정진을 거듭하고 있습니다.

스님의 안부는 마하연摩訶衍 우바니**로부터 자주 듣고 있습니다. 지리산 칠불암七佛庵에서 6년 묵언수도默言修道에 들어갔다는 소식을 들은 지도 어언 3년째가 되나 봅니다.

* 현묵 스님. 1951년 밀양 출생. 1971년 출가하여 구산 스님 문하에 입문. 현재 조계총림 송광사 유나 겸 전국선원수자회 공동대표. 저자의 둘째 남동생.
** 저자의 첫째 여동생.

H 스님

H 스님!

이야기가 여기까지 진전되다 보니, 이 속형이 오늘 참으로 실언失言을 한마디 해볼까 합니다. 다소 귀에 거슬리는 구절이 나오더라도, 행간을 잘 헤아려 이심전심으로 받아주시기 바랍니다.

우선 이 속형이 가장 궁금하게 여기는 것은, 스님이 천착하고 있을 화두話頭에 관한 것입니다. 화두의 내용이 현실에 뿌리박은 것인지, 아니면 현실과 동떨어진 것인지 그게 궁금합니다.

'위대한 문학 작품은 시대와의 합작'이라고 한 사르트르의 말을 굳이 원용하지 않더라도, 현실과 괴리된 문학 작품은 한낱 공허한 메아리이듯이, 현실을 떠난 화두 역시 그러하다는 속견입니다.

10여 년 전에 한국을 방문한 『25시』의 작가 C. V. 게오르규는 '시인은 잠수함의 흰 토끼와 같다.'는 유명한 말을 남기고 갔습니다. 산소 함유도를 측정할 수 있는 계량기가 발명되기 이전에는 잠수함마다 10여 마리씩의 흰 토끼를 사육했던 것인데, 그 까닭은 산소의 결핍으로 인하여 치사하게 되는 시간이 흰 토끼가 인간에 비해 7시간 빠른 것에 착안하여 흰 토끼로 하여금 계량기의 역할을 대행하게 했던 것입니다.

게오르규는 말했습니다, '시인은 그가 속해 있는 사회 속에서 잠수함의 흰 토끼와 같은 역할을 해야 한다.'고……. 모든 승무원들을 편안하게 근무하고 잠잘 수 있게 해주는 잠수함의 흰 토끼! 이것이야말로 '시인의 사명'이라고 그는 역설했습니다.

H 스님!

그렇다면 종교인은 어디에다 비유하는 것이 합당할까요? 속형은 나름대로 종종 이렇게 비유해보곤 합니다.

잠수함의 흰 토끼만 믿고 모든 승무원들이 다 잠자리에 들 수는 없지 않습니까. 그 누군가 한 사람은 불침번이 되어 토끼들의 상태를 관찰해야 할 것입니다. 그 '불침번'이 바로 종교인이라는 게 속형의 소견입니다.

이번 필리핀사태*만 해도 그 나라의 종교인들이 행한 행위는 다름 아닌 '사회의 불침번', '시대의 파수꾼'의 그것이었다고 봅

* 1986년 2월, 장기집권을 획책하던 마르코스 대통령의 권위주의 체제가 신부·수녀 등으로 대표되는 종교인들이 선봉을 담당하는 '민중의 힘'에 의해 붕괴된 사건. 이후 한국·미얀마·태국 등 이웃 나라의 민주화운동에 촉매제가 되기도 했다.

니다.

무릇 한국 불교의 전통은 대승불교로서 '행行'을 중히 여겨 나보다 남을 먼저 구제하는 이타주의적 보살행일진대, 과연 오늘날의 현실은 어떠합니까?

일부 종교와 종교인들이, 정도正道에서 일탈하여 물질적 가치관으로 전도되어가는 현상에 대해 속형은 개탄해 마지않습니다.

H 스님!

현실을 직시해야 합니다. 모든 사회적 장애와 모순의 원리, 인간관계의 법칙성을 탐구하고 규명하여 상실되어가는 인간성을 회복하고, 박탈당한 생존권을 다시 확보하려는 사회과학적 인식에 도달하지 않고서는 현실은 직시되지 않습니다. 다시 말해서, 역사·경제·정치 등의 사회과학과 연기緣起와 자비慈悲와 보살행菩薩行에 기초한 새로운 불교 원리가 결합되고 통일될 때, 비로소 '지상극락'·'불국정토'가 건설된다는 말입니다.

'불국정토'가 어디 별것입니까? 모든 인간이 인간답게, 자유롭게, 평화롭게, 평등하게 사는 세상이 바로 불국정토 아니겠습니까?

'보살행은 한 민족의 역사 사회 속에서 구현되어야 하며, 구조적 현실 속에서 발현되어야 한다.'고 한 민중불교운동연합회장 여익구 님의 말에 이 속형도 전적으로 동감합니다.

H 스님!

‘성불成佛’이란, ‘구원救援’이란 무엇인가에 대해서 그분은 『민중불교입문』에서 다음과 같이 피력하고 있습니다.

> 깨달음이란, 냉랭한 관념이 아니라 열렬한 행동이다. 행동만이 진리를 파악하고 진리를 나타내며, 일체의 고뇌를 즉석에서 구제할 수 있다.
> 구원이란, 주어지는 것이 아니라 스스로 쟁취하는 것이다. 구원이란 관념 가운데 있는 것이 아니라 행동 가운데 있다. 그 행동이란 모든 민중을 구제하기 위해서 신명을 바치는 보살행이다.

모두에서 언급했듯이 11년 전 스님은 ‘대한민국에서 제일가는 고승이 되겠다.’고 말했습니다. 그런데 스님, 속형이 바라는 ‘대한민국에서 제일가는 고승’은 얼굴에 광채 나고 뒤통수에 후광을 단 그런 대덕大德이 아닙니다.

수수께끼 같은 선문답식의 오도송悟道頌을 천 편 만 편을 읊었다손 치더라도 그것이 ‘행동’의 소산물이 아닐진대 이 속형은 외면하고 말 것입니다.

이제 속형은 교직에서 용퇴하였습니다. 허물을 벗어 던지고 나니 이렇게 홀가분할 수가 없습니다.

나무마하반야바라밀.

『대한불교』, 1986. 4. 2.

# 다가올 찬란한 대낮으로 증거하시라*

—반골작가 김기팔을 회억하며

## 1

55세의 나이로 타계한 불세출의 방송작가 김기팔金起八!

1959년 서울대 철학과 재학 중에 희곡 「중성도시」로 『한국일보』 신춘문예에 당선된 데 이어 이듬해 KBS라디오 연속극 100만 환 현상모집에 『해바라기 가족』이 당선됨으로써 방송문단에 화려하게 입성한 그는 『춘하추동』·『정계야화』·『개화백경』·『사건세계사』·『한국찬가』·『동아반세기』·『억새풀』·『다이신다이挺身隊』·『야망의 25시』·『욕망의 문』·『백범일지』·『거부실록』·『땅』 등 수많은 화제작, 문제작 들을 양산하며 일세를 풍미했다.

멜로드라마의 꽃길을 한사코 마다하고 스스로 험한 가시밭길을 선택한 그는 권력과 재력의 속성을 통렬하게 비판하고 고발함으로써 억눌리고 핍박받는 소외계층에게 무한한 용기와

* 김지하 시인의 추도시의 한 구절.

희망을 불어넣어 주었다.

그러나 총칼로 국권을 장악한 무소불위의 군부세력이 이를 묵과할 리가 만무했다. 두 번이나 중단되었던 「정계야화」, 친일적인 윤리위의 시비로 도중하차당했던 『데이신다이』, 『야망의 25시』, 그리고 최후의 결전으로 도전했던 『땅』에 이르기까지 그는 권력기관으로부터 갖은 박해와 탄압을 끊임없이 받아야만 했다.

"왜곡된 社會 고발하려 했는데…"
擬似좌익 붕괴 땅投機풍조 비판시도
선동적 作品으로 보는 반응 이해안가
"시청률 낮아서-"등 中斷변명 가장 불쾌

'절필 선언'을 하는 김기팔 작가
『동아일보』, 인터뷰 기사, 1991. 4. 27.

1991년 4월 27일, 그는 이 땅에서 더 이상 글 쓰는 흥미를 잃고 절필선언을 하고는 술독에 빠져 울분을 달래다가 대장에 생긴 종양수술 도중에 그해 12월 24일 영원히 한 많은 이승을 하직하고 말았다.

입원 중에 전국언론노동조합연맹에서 '제1회 민주언론상'에 『땅』 제작진을 선정했는가 하면, 2009년 3월 27일 「김기팔, 용기 있게 시대를 증언한 작가」라는 공적서와 함께 '방송인 명예의 전당'에 헌정되기도 했으며, 2010년 10월 16일 한국언론학회의 미디어 발전 공헌상을 수상하기도 했지만, 그것들이 무슨 의미가 있는가. 살아 있을 때 잘해줬어야지!

## 2

김기팔과 내가 처음으로 만난 것은 1957년 4월 초순의 어느 날, 김동리 선생의 창작실기지도 시간이었다. 강의 도중에 뒤쪽 출입문이 소리 없이 열리더니 서울대 교복을 입은 웬 남학생이 들어와 내 앞자리의 빈 의자에 앉는 것이었다.

친구를 만나러 왔거나 도강을 하러 왔거나 둘 중의 하나일 거라고 짐작했는데, 알고 보니 바로 나를 만나러 왔던 것이다.

사연인즉슨, 중3 때 『학원』지에 실린 내 작품*을 읽고 소속 교명과 이름을 기억하고 있던 터에, 마침 철학과 신입생 가운데 부산중·고 출신이 두 명이나 있어 나에 관해서 물어 보았더니 제대로 알려 주더라는 것이었다.

그날 이후 그는 자기네 학교보다 우리 학교로 오는 날이 더 많았다. 특히 창작실기지도 강의가 있는 날이면 어김없이 나타나 나와 나란히 앉아 도강을 하곤 했다.

그는 이미 김동리 선생과도 친분이 두터운 사이였다. 고1 여름방학 때 마을 뒤편에 있는 정릉 숲속 천막교실에서 김동리 선생이 문학 강좌를 한 적이 있었는데 성인들 틈에 끼어 열심히 수강했을 뿐만 아니라, 과제물을 제출할 때마다 '모범작문'으로

* 1954년 3월호에 실린 「그리운 마을 사람들」시 및 「독구」산문.

뽑혀 칭찬을 받았다는 자랑을 하며, 서울대에 불합격이 되었더라면 나와 한반이 되었을 것이라는 말까지 덧붙였다.

수업을 마치고 나면 그와 나는 으레 학교 인근에 있는 내 자취방으로 직행하여 강소주를 마셔가며 많은 이야기를 나누곤 했다.

대부분의 사람들은 그의 본명을 '김용남金勇男'으로, '기팔'을 필명으로 알고 있지만 이는 사실이 아니다. 집에서건 학교에서건 노상 '용남'으로 불렸으니 당연히 그럴 수밖에 없겠지만, 그가 태어났을 때 할아버지가 '칠전팔기'하라는 뜻으로 '기팔'이란 이름을 주어주었으니 그게 본명이 아니고 무엇인가. 일제 말기에 일본식으로 개명한 '용남'이란 이름을 해방 이후에도 바로잡지 않고 그대로 사용하다 보니 본명처럼 굳어져버렸던 것이다.

1937년 평남 용강에서 태어난 그는 1·4후퇴 때 가족과 함께 월남하여 처음으로 정착한 곳이 충남 공주였다. 평양제1고등중학교 1학년이었던 그는 국민학교 6학년에 편입되었다. 남한의 국민학교 격인 북한의 인민학교는 4년제이기 때문이었다. 학년말에 실시한 국가고사에서 충남 최고의 점수를 획득하여 공주중학교에 입학한 그는 2학년 때 가족을 따라 상경하여 중앙중학교 2학년에 편입했다.

이렇듯 성장 환경이 판이하게 달랐음에도 불구하고, 중2 때 문학에 눈을 뜨고 장차 소설가가 되기로 결심한 점이며, 중3 때문예반장, 고3 때 학예부장을 역임한 점 등 그와 나는 상통하는 점이 많았다.

게다가 주량이나 바둑 실력 또한 막상막하한 터여서 우리는 금세 막역한 사이로 발전했다.

최불암의 20대 모습

그가 우리 학교에 자주 나타난 또 하나의 사연은 영화연극과 최영한 때문이었다. 최영한은 '국민아버지'로 불리는 탤런트 최불암의 본명으로 중앙고 재학 시절에 연극부에서 함께 활동한 콤비였다. 김기팔은 주로 기획 및 각색을, 최영한은 주연을 맡았다.

당시 최영한은 '제임스 딘'이라는 닉네임이 붙었을 정도로, 내로라하는 '얼짱', '쌈짱' 들이 다 모여드는 영연과 안에서도 단연 독보적인 존재였다.

김기팔은 나보다 한 살 위인 소띠였으며, 최영한은 나보다 한 살 아래인 토끼띠였지만, 동급생끼리 나이가 무슨 대수인가.

최영한과 어울리는 날이면 우리는 '노는 물'이 달라지게 마련이었다. 하루는 최영한이 말했다.

"야, 명동에 가면 말야, 영화배우들은 물론 시인, 소설가, 음악가, 화가 들을 입맛대로 구경할 수 있다구."

오늘날처럼 영상매체가 발달하지 않았던 시절이라, 별종처럼 여겨지는 저명한 예술가들을 육안으로 목도할 수 있다니!

명동에 첫발을 들여놓던 순간, 나는 별천지에 들어서는 것처럼 새로운 개안으로 황홀했다.

누가 말했던가, 1950년대 후반기, 파리에 샹제리제 거리, 뉴욕에 5번가, 동경에 긴자 거리가 있었다면 서울에는 명동거리가 있었다고…….

그랬다. 당시 명동은 전후 한국문화의 심장부, 예술과 패션의 메카였다. 식민지와 전쟁의 혹독한 시련을 겪으며 오랫동안 억눌려 살아야만 했던 이들이 그동안 켜켜이 쌓이고 쌓인 울분을 마음껏 외치기도 하고 흥청망청 소비문화를 한껏 향유할 수 있는 해방구가 바로 명동이었던 것이다. 운 좋게도 대뜸 첫날 주먹으로 당대를 주름잡았던 김두한과 톱스타 최은희를 바로 코앞에서 마주칠 수 있었으니 최영한의 말은 조금도 과장이 아니었다. 그들 틈에 섞여 걸어가면서 어느덧 나도 대한민국 최고 레벨의 문화인이 된 듯 어깨가 으쓱해졌다.

명동의 흡인력은 대단했다. 첫발을 디딘 이후로 우리는 사흘돌이로 명동으로 빨려 들어갔다. 그리고 그것은 머지않아 펼쳐질 내일에의 장밋빛 예감이기도 했다.

'돌체다방'에 들러 이 세상의 모든 고민을 한 몸에 다 떠안은 양 비장한 표정으로 음악을 감상하기도 하고, '청동다방'에 들어가 하루에 아홉 갑씩 줄담배를 태우면서도 실은 단 한 모금도 연기를 흡입하지 않는 공초 오상순 시인을 구경하기도 하고, '갈채다방'에 올라가 김동리 선생과 마주앉아 강의시간에 듣지 못한 이야기를 듣기도 하다가, 마지막으로 발길이 닿는 곳은 전란의 상흔이 채 가시지 않은 허물어진 빌딩 뒷골목에 겨우 하늘만을 가린 싸구려 주점이 아니면 스탠드바, 위스키시음장 등이었다.

매번 술값은 최영한의 몫이었다. 그의 돈줄은 명동 입구에서 '은성銀星'이라는 주점을 경영하는 그의 어머니였다. '은성'으로 말하면, 남편이 인천에서 영화제작자로 활동하다 과로로 숨지자 외동아들과 생계를 잇기 위해 시작했던 것인데, 미모에다 인심까지 넉넉하다 보니 '명동백작'으로 유명한 소설가 이봉구를 위시하여 변영로 · 박인환 · 김수영 · 전혜린 · 천상병 · 이진섭 · 현인 · 나애심 · 이중섭 등 당대를 풍미하던 예술가들이 단골로 드나들며 예술과 인생을 논하던 행랑채와도 같은 장소로 널리 알려져 있었다.

며칠 전, 이 대목에서 최불암에게 전화를 걸어 '은성 주점' 사진이 있으면 한 장 보내달라고 부탁했더니, 뜻밖에도 50여 년 전의 기억을 되살려 손수 그린 그림을 메시지로 보내주는 것이었다.

다음은 그와 내가 주고받은 통화 내용이다.

"그림 받았어?"

은성 주점

그림: 최불암, 2018. 8. 24.

"응, 그래. 방금 열어봤어. 근데 솜씨가 보통이 아니더군."

"기억을 살려 대충 끌쩍거려 봤어. 오른편에는 '구만리 주점'이 있었구, 왼쪽엔 복덕방이 있었지. 가게 앞에 있는 입간판도 그 복덕방 거야"

"내부 면적은 몇 평쯤 됐지?"

"일제 때 지은 목조건물이었는데 말야, 대략 한 스무 평쯤 됐을 거 같애."

"근데 왜 친구들을 한 번도 데리고 가지 않았지?"

"그야 데리고 갈 수가 없었지, 실은 나도 그 안에는 잘 들어가질 않았어. '은성'이라는 간판 앞에 전신주가 한 개 서 있지, 거기 기대어 기다리고 있으면 어머니가 나와서 시계를 한 개씩 주곤 하셨어."

"시계를 주다니?"

"그 왜, 손님들이 술값 대신에 접혀놓고 안 찾아가는 손목시계 있잖아. 시효가 지나도록 찾아가지 않는 시계들이 항시 수두룩했거든."

"하하하하……, 그러니까 손님들이 잡혀놓고 안 찾아가는 시계를 팔아갖고 우리가 술을 마셨단 말이지?"

"바로 그거였어. 어머니는 내게 한 번도 현찰을 주신 적이 없었어. 값나가는 시계는 술값을 제하고도 거스름돈을 받았을 정도였으니까."

"얘기를 나누다 보니까 「그루미 썬데이Gloomy Sunday」를 즐겨 부르던 최 형 모습이 눈에 선하군."

"히야, 김 형이 그걸 다 기억하고 있군그래. 내 십팔번이었지."

"마지막 소절인 '그루미 썬데이'를 부를 때 말야, 지그시 눈을 감고 손바닥으로 눈물을 훔쳐내어 허공에 뿌리는 연기는 그야말로 일품이었지. 그동안 최 형이 등장하는 드라마를 수없이 봐왔지만 그보다 더 멋진 장면은 없었어. 가사와 곡은 다 잊었지만 그 장면만은 지금도 눈에 선해."

"푸하하하하……, 그거 기억하는 사람 거의 없어."

「그루미 썬데이」 가사를 알려달라고 하자 이내 문자가 들어왔다.

그대가 있을 땐 즐겁던 이 밤/ 그대가 간 후엔 쓸쓸한 이 밤/ 죽음이 인생의 끝이라면/ 시련은 청춘의 마지막 날인가/ 그대를 따라서 행복도 다 가고/ 얽매인 설움에 구름 낀 이 밤/ 그루미 썬데이

### 3

한번은 김기팔이 「벽」이라는 단편소설을 탈고하여 내게 보여준 적이 있었다. 2백자 원고지 70여 장 되는 분량이었는데 대충 다음과 같은 줄거리였다.

1·4후퇴 때 자유를 찾아 단신으로 월남한 주인공 K는 남한 사회에 적응하지 못하고 결국 도적으로 전락하고 만다.
하루는 어느 부잣집에 들어가 값나가는 물건들을 잔뜩 훔쳐 마당으로 나서는 순간 불이 켜짐과 동시에 집주인이 "도적이야!" 하고 외친다. 당황한 K는 당장을 뛰어넘으려 하지만 무거운 짐 때문에 뜻을 이룰 수가 없다. 식구들이 몽둥이를 들고 벌 떼처럼 뛰쳐나오자 그는 짐을 버리고 필사적으로 담장을 뛰어넘고자 하나 번번이 실패하고 만다. 우왕좌왕 허둥대는 사이에 사방에서 경찰 백차의 사이렌 소리가 점점 커지면서 다가오고 있다.

사흘 굶어 담장 안 넘을 놈 없다는 속담대로 도둑질 그 자체는 '죄'가 될 수 없다고 김기팔은 주장했다. 남의 재물을 훔친 도둑에게 죄가 있는 것이 아니라, 그가 그렇게 하시 않으면 안 되게끔 만든 사회가 책임을 져야 한다는 게 그의 지론이었다.

1950년대의 소설을 논하자면, 우선 전쟁을 몸소 체험한 군인이나 종군작가들에 의하여 형상화된 전반기의 전쟁참여문학과 전쟁의 부산물인 사회적 부조리가 빚어내는 극한상황을 배경으로 인간 존재의 근원적 문제를 제기한 후반기의 실존주의 문학으로 대별된다.

사르트르의 『구토』, 카뮈의 『이방인』, 장용학의 「요한시집」, 손창섭의 「비오는 날」 등은 전쟁을 몸소 겪지 않고 성장한 문학도들을 매료시키기에 충분했다.

나 또한 단편 「낙인」을 탈고하여 김동리 선생의 창작실기지도 시간에 읽은 것도 그 무렵이었다. 학생들의 독후감을 청취하고 난 뒤에 김동리 선생이 총평을 했다.

"이 소설은 실존주의의 영향을 받은 작품이다. 이 정도 수준이면 『현대문학』에 추천할 수 있다."

순간, 나는 하늘로 붕 떠오르는 기분이었다. 따지고 보면, 이 말 한 마디를 듣기 위하여 서라벌예대 문창과를 택하지 않았던가!

이왕이면 서너 달 앞으로 다가온 졸업 이전에 발표되기를, 그리하여 교내가 한번 발칵 뒤집어지며 전교생의 선망을 한 몸에 받기를 바랐지만, 대기해 있는 작품들이 워낙 많아 끝내 그 소망은 이루어지지 않았다.

반면에 김기팔이 『한국일보』 신춘문예 희곡 부문에 「중성도시」가 당선됨으로써 주위를 놀라게 했다.

1959년 2월 말, 졸업식을 며칠 앞둔 어느 날, 뜻 있는 학생들끼리 의논하여 김동리 선생을 모시고 명동 입구에 있는 한일관에서 사은회를 열었다. 김기팔도 동참시켰다.

김동리 선생이 옆에 앉은 접대부를 가리키며 말했다.

"이분은 1·4후퇴 때 헤어졌던 내 애인이야."

이렇게 운을 뗀 그날의 사은회는 시종 화기애애했다. 우리는 '파카51' 만년필을 선생님께 선물했고, 당신은 우리들 한 명 한 명에게 장래 희망을 물었다.

김기팔은 "저는 소설 쪽보다 희곡이나 방송드라마 쪽으로 나가고 싶습니다."라고 말했고, 나는 "저는 제3공화국을 건설하겠습니다."라고 대답했다.

"왜 그런 말을 했지? 그럼 소설은 완전히 포기한 거야?"

집으로 돌아오는 길에 내가 묻자 그는 이렇게 대답했다.

"실은 말야, 그동안에 김동리 선생한테 소설을 두어 편 보여드렸더랬는데, 너무 대중적, 통속적이라는 거야. 그 점 나도 인정해. 그럴 바에야 차라리 드라마 쪽으로 나가는 게 현명할 거

같애."

## 4

졸업 후에 낙향하여 3개월이 지났을 무렵, 마침내 데뷔작 「낙인」이 『현대문학』 6월호를 통하여 빛을 보게 되었다. 며칠 뒤 김기팔한테서 축하 편지가 날아왔다.

내용인즉, 「낙인」이 던진 파문이 어느 정도냐 하면 연일 장안의 화젯거리가 되어 있다는 치하와 함께 '그러나 어디까지나 소재에 힘입은 바 컸음을 명심해야 한다.'는 따끔한 충고였다.

김기팔과 최영한과 다시 만나기 시작한 것은 그로부터 1년 뒤 명동에서였다. 당시 나는 육군에 갓 입대하여 화전에 있는 보병제30사단에 소속되어 있는 이등병 신세였으며, 김기팔은 대학생 신분으로 그해 연초에 KBS연속극 100만 환 현상모집에 당선된 신예방송작가였으며, 최영한은 한양대 영연과에 다니고 있었다.

100만 환을 요즘의 가치로 환산하면 얼마쯤 될까, 아무튼 술값을 비롯한 경비 일체는 노상 김기팔의 몫이었다. 이전에 최영한이 그랬던 것처럼.

33개월간의 병영생활을 하는 동안 나는 외출할 때마다 정릉 산비탈에 있는 김기팔의 집에서 묵곤 했다.

그러나 그와의 관계는 제대와 동시에 낙향하여 향리에 있는 중·고등학교에서 교직생활을 하게 됨에 따라 자연히 소원해질 수밖에 없었다. 그 무렵으로 말하면, 문단에 한쪽 발만 걸치고 있는 나와는 달리 그는 전성시대를 구가하고 있을 때였다.

그러던 중 1975년 3월에 중대부고로 직장을 옮김에 따라 그와의 인연이 다시 이어졌다.

만나던 첫날 그는 동산리*에 있는 자기 집으로 나를 데리고 갔다. 정릉에 있던 오두막집을 생각하고 따라갔던 나는 으리으리한 쌍둥이 저택을 보자 놀라지 않을 수 없었다. 용도상으로는 단층이지만 외양상으로는 2층 높이의 벽돌 건물이었는데 언젠가 그린벨트가 해제될 때에 대비해서 그렇게 지었다고 했다.

그날 밤 우리는 그동안의 회포를 풀면서 많은 이야기를 나눴다. 구상 중인 『쌈짓골』의 줄거리를 들려주자, 그는 몇 마디 조언을 해주며 출세작이 될 것임에 틀림없다고 예언하기도 했다.

"주인공 이름을 기팔이 니 이름에서 힌트를 얻어 '팔기'로 정했다."고 하자 그도 아주 만족해했다.

다음날 아침 『정계야화』 한 질을 선물로 받아 집으

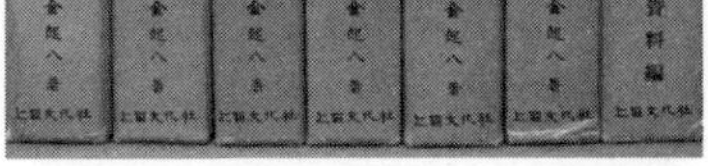

김기팔이 선물로 준 『정계야화』 전질

* 현재의 고양시 덕양구 동산동.

로 돌아오는 발걸음은 허공을 유영하듯 가벼웠다.

이듬해인 1976년, 『창작과비평』을 통하여 발표된 『쌈짓골』은 그의 예언대로 나의 '출세작'이 되었다.

그 뒤로 해마다 12월 31일이 되면 그의 집은 망년회 장소가 되곤 했다. 심양홍 씨를 위시한 여러 탤런트, 성우, 프로듀서와 어울려 술과 이야기와 바둑으로 밤을 지새우기를 10여 년이 넘도록 계속했다.

그런데 80년대 중반기에 들어서면서부터 그에게 연이어 심각한 문제가 발생했다. 정부당국의 노골적인 간섭과 탄압이 그것이었다.

비위에 거슬리는 작품을 도중하차시키고 나면 이내 다음 작품을 만들어내고, 그걸 자르고 나면 또 그 다음 작품을 만들어내곤 하는 김기팔을 '제 발 저린 도적들'이 그냥 둘 리가 만무했던 것이다.

중앙정보부에 연행되어 3박 4일 동안 얼마나 모진 고문을 받았는지 엉덩짝이 피 걸레가 되어 돌아오는가 하면, 홍제동 고개를 넘는 도중에 정체불명의 검은 지프차 두 대가 앞뒤에서 그가 탑승하고 있는 승용차를 샌드위치로 만들어버리고 뺑소니를 친 일까지 있었다.

방송국에서도 더 이상 원고를 청탁하는 일이 없자, 그는 생계를 유지하기 위해서 쌍둥이 집 한 채에다 단추공장을 차려 시판하기도 했다.

## 5

1991년 크리스마스 날이었다, 심양홍 씨가 내가 근무하는 학원으로 찾아와 김기팔의 부음을 전해준 것은……. 청천벽력이 따로 없었다. 전날인 12월 24일 밤, 한림대 강동성심병원에서 대장에 생긴 종양을 수술하던 도중에 의료사고로 숨을 거두게 되었다면서 나더러 「영결사」를 청탁했다.

다음날 나는 만사를 제쳐놓고 영결식장으로 달려갔다.

"마지막 작품을 쓰지 말았어야 했는데……."

미망인 최인숙 여사는 말끝을 맺지 못하고 눈시울을 붉혔다.

고 김기팔의 빈소
사진 출처: 『경향신문』, 1991. 12. 29.

식순에 따라 그날 내가 읽은 「영결사」의 원고를 구할 길이 없어 오랜 동안 동아방송에서 고인과 호흡을 함께 했던 김학천 프로듀서의 추도사의 일부로 대신한다.

> 한 시대가 분노할 줄 아는 작가를 가졌다는 것은 축복에 속합니다. 순박한 민중에게 비록 행간을 이용해서라도 전해야 할 사연을 전하고 미소 짓게 할 수 있는 작가를 지녔다는 것 또한 축복입니다. 비록 그것이 간단없이 끊겨 토막 쳐진 줄거리라 하더라도 작가가 고통스러운 시대의 증언을 적는다는 게 얼마나 힘든 용기인가를 우리는 알고 있습니다. 더구나 텔레비전이라는 대중매체를 통하여 압축된 언어로 증언의 핵심을 전하려 한 작가정신이 얼마나 귀한 것인가를 우리는 알고 있습니다. (…) 기팔 형, 하기 힘든 그런 시대의 증언과 고발을 머릿속에 챙기다 말고 느닷없이 눈을 감다니요. 아직도 지켜보아야 할 일들이 산적해 있는데 혼자 술집에라도 들어가듯 훌쩍 떠나다니요. 그러나 어쩌겠습니까. 모든 미련, 분노, 서글픔을 다 우리에게 미루고 평안한 명복을 누리시구려.

생전에 고락을 함께했던 고석만 프로듀서는 『한겨레』 연재 회고록 「길을 찾아서」에서 김기팔을 이렇게 회고했다.

작가 김기팔, 그의 창조의 원천은 어디인가? '의심'으로부터 샘솟는다고 본다. '의심, 의문, 의심의 철학'이다. 모두가 정답이라고 확신한 것을 의심했다. '왜 나쁜 놈은 잘사는가', 우리에게 인간과 삶을 곱씹을 계기를 안겨준 스승이었다. 마르크스는 '역사'를, 니체는 '신'을, 프로이트는 '인간의 의식'을, 하이데거는 '존재'를, 사르트르는 '타인'을, 베냐민은 '예술'을, 그리고 아렌트는 '정치'를 의심했듯이 그는 '의심의 철학'으로 무장했다.

## 6

서울생활을 접고 낙향한 지도 어언 20여 년이 지났다. 그동안 최인숙 여사는 어떻게 지내고 있는지 딸들은 어찌 되었는지 궁금하기 짝이 없지만 연락할 길이 없다. 몇몇 방송국과 신문사에 다 문의해봤지만 유족들의 근황에 관해서 전혀 아는 바가 없다는 대답이 돌아왔을 뿐이다. 심지어는 최불암마저도 서로 연락을 취한 지가 하도 오래되어 근황을 통 모른다고 했다.

그렇다고 그냥 주저앉을 수는 없었다. 그를 기리기 위하여 지인들이 뜻을 모아 통일로변 장곡공원에 세웠다는 기념비라도 찾아가 봐야만 직성이 풀릴 것 같아 벼르고 벼르던 끝에 지난 봄의 어느 날 집을 나섰다.

서울역에 내려 택시를 타고 장곡공원에 내려 마침 인근에 거

통일염원 김기팔방송비

주하고 있는 중대부고 시절의 제자 황민호*의 도움을 받아 어렵사리 '통일염원 김기팔방송비'를 찾아낼 수 있었다. 생전에 친하게 지냈던 김지하 시인이 지은 묘비명을 읽으며 나는 울컥했다.

> 밤새 사악한 무리를 질타하고 한 품은 이들을 달래시던 님은
> 민주와 통일의 먼동이 틀 무렵 기어이 돌아가셨다
> 그리시던 북녘 고향 저만큼 보이는 곳에서 님이여
> 아직도 걷히지 않은 어둠을 지켜
> 다가올 찬란한 대낮으로 증거하시라

* 만화 전문지 『코믹챔프』로 유명한 대원씨아이출판사 부사장.

그가 생전에 그렇게도 저항하며 염원했던 민주화가 어느 정도 이뤄졌다고 하나, 아직도 청산해야 할 적폐가 너무도 많다.

어디에선가 그의 육성이 들려오는 듯하다.

'민나 도로보데스みんな泥棒です모두 도둑놈입니다.'*

여기까지 온 김에 이왕이면 그가 살던 집을 찾아가 보고 싶다고 하자 황민호가 차를 몰았다. 그러나 그것은 오산이었다. 마을 한가운데를 관통하던 개울이 복개되어 차도로 둔갑하고, 그린벨트가 해제되어 무슨 그린빌, 무슨 파크빌 하는 고층주택들이 빼곡히 들어서 있는 환골탈태한 동네에서 예의 쌍둥이 집을 찾아내기란 불가능한 일이었다. 몇몇 주민들을 잡고 물어보았지만, 방송작가 김기팔이 누군지조차도 모르는 것이었다. 주민센터에 가면 정보를 얻을 수 있지 않을까 싶었지만 공교롭게도 일요일이었다.

아, 가슴이 아린다, 그를 위하여, 그리고 그의 유족을 위하여 내가 할 수 있는 일이 고작 이따위 넋두리를 늘어놓는 일밖에 없다니!

〈미발표〉, 2018. 8. 30.

* 『거부실록』 「공주갑부 김갑순」 편의 주인공인 땅 투기꾼 1호 김갑순의 극중 대사. '민나 도로보데스'는 때마침 터진 '장영자·이철희 부부 어음사기사건'을 계기로 5공화국 비리를 풍자하는 유행어로 널리 회자되었다.

# 제3부

국가보안법을 생각한다

보수와 진보, 그리고 양심

신해가사新海歌詞

# 국가보안법을 생각한다

## 죽을 각오를 한 진흙탕에서의 개싸움

4·15총선 이후 집권 여당에 대한 국민적 기대는 높았다. 한 여론조사에서 76.1%나 되는 국민들이 '잘할 것'이라고 답했던 것이다. 국회에 대한 기대감 또한 '이전 국회에 비해 나아질 것'이라고 보는 국민들이 74%로 압도적 다수를 차지했으며, '이전 국회와 비교할 때 어떤 점이 더 개선될 것으로 보느냐?'는 질문에는 '더 개혁적이고 깨끗할 것'이라는 답변이 39.8%로 가장 높았다. 그 다음이 '덜 싸울 것 같다29%', '당리당략을 떠나 국가와 민족을 위해 일할 것 같다10.1%'로 나타났다.

그만큼 국민들은 '깨끗한 정치', '개혁적인 모습', '덜 싸우는 정치'를 기대했던 것이다.

16대 국회에서 다수 야당의 전횡으로 여당의 발목잡기를 일삼았던 한나라당마저 '상생의 정치'를 약속했으니, 인제야 정치 선진화가 이뤄지려나 기대해볼 만도 했다.

국가보안법 폐지 시위
출처: 현장언론 민플러스 www.minplus.or.kr

그러나 총선이 끝난 지 반 년이 지나도록 국회가 국민에게 보여준 것은 무엇인가?

한마디로 말해서, '진흙탕에서의 개싸움, 이전투구泥田鬪狗' 그것이다. 그야말로 상극의 극치가 아닐 수 없다. 조폭 세계의 기싸움처럼 막말을 쏟아대기에 급급하더니만, 급기야는 8일 현재 '출구 없는 파행 국회'가 열이틀째 이어지고 있는 한심한 실정이다.

그렇다면 과연 그 원인은 무엇일까? 여당이 추진하는 '4대 개혁법안, 즉 '국가보안법 폐지에 따른 대안으로 내란죄를 보완하는 형법개정안', '과거사진상규명법', '언론관계법 재개정안', '사립학교법 개정안'임은 두말할 나위도 없다. 여당인 열린우리당에서는 '4대 개혁법안이야말로 이 나라의 시장경제와 민주주의 발전을 이끌어갈 근본개혁이므로 죽을 각오로 성공시킬 것'이라고 이빨을 세우고 있는가 하면, 거대 야당인 한나라당에서는 '4대 개혁법안은 국가체제를 거스르고, 국론분열을 심화시킬 뿐인 악법이므로 필사즉생의 각오로 저지하겠다.'며 발톱을 세워 날밤을 새우고 있는 것이다. 공통점은 오직 하나, 쌍방이 똑같이 '죽을 각오'를 하고 있다는 점이다. 문제는 그 '죽을 각오'의 속내가 둘 중의 어느 한쪽은 '나라와 겨레를 위한 충정'이 아니라, 그것을 위장한 '밥그릇 챙기기'라는 데 있다. 지난 7일 모 방송 토론여·야, 민생정치 불가능한가에 출연한 여야 대표의원 간의 설전 한 토막이 그것을 입증해준다. 여당 대표가 '4대 개혁법안'의 당위성을 설명하자, 야당의원이 '그것은 여당인 열린우리당이 자신의 정치적 기반을 구축하려는 공작'에 불과하다고 맞받아쳤던 것인데, 그 말을 듣고 나서 필자는 이렇게 한번 뒤집어 보았다, '우리 한나라당의 정치적 기반이 친일파·국가보안법·언론법·사학법인데, 그걸 고치려는 발상은 우리 한나라당의 정치적 기반을 무너뜨리려는 음모가 아니냐?'고…….

저간의 국내 언론 또한 양당 대결구도를 자사의 생존전략에 맞춰 덧칠하기에 혈안이 되어 있다. '춘추필법春秋筆法으로 국민을 향도해야 할 언론이 저마다 자기 입맛에 맞는 국내외 석학들을 끌어들여 온갖 흰소리와 궤변으로 엄호사격을 해대고 있는 실정이니, '언론개정법'이 그래서 대두되는 것이다.

필자는 하도 답답한 나머지 주위에 있는 열 사람에게 한번 물어 보았다, 4대 개혁법안 중에서도 가장 논란의 대상이 되고 있는 국가보안법에 대해서 얼마나 정확하게 알고 있는가를……. 의외로 그 대답들은 극히 피상적이었다. 십중팔구 '원래의 취지는 빨갱이를 잡자고 만든 것인데, 역대 통치자들이 정권유지를 위한 도구로 악용해 왔다.'는, 그 이상으로는 더 아는 바가 없었다. 더욱 놀란 것은, '그럼에도 불구하고 자유민주주의를 수호하는 데 기여한 일정 부분만은 부인할 수 없으니, 통일이 될 때까지 그대로 존속시켜야 한다.'며 '이제 어느 정도 민주화가 이뤄졌으니 악용될 소지도 없지 않느냐.'는 중론이었다.

과연 그러할까? 한나라당의 주장처럼 '보안법이 폐지되면, 거리에 인공기가 날려도 막을 수 없고, 주체사상을 가르쳐도 막을 수 없으며, 북한의 돈을 받아 친북활동을 해도 죄가 되지 않는 것'일까? 그리고 '한나라당이 집권해도 보안법을 악용할 소지는 과연 전혀 없는 것일까?'

필자는 그렇지 않다고 단호히 주장한다. 국가보안법의 탄생배경이 이를 뒷받침해 주기 때문이다. 깨어 있는 국민이 되고 싶다면 그 실체를 알아야만 한다.

### 국가보안법의 탄생 배경

우리 속담에 '어느 놈이 암까마귀인지, 어느 놈이 수까마귀인지'라는 속담이 있다. 이 사람 말을 들어보면 이 사람 말이 옳고, 저 사람 말을 들어보면 저 사람의 말이 옳을 때 회자되는 말이다.

목하 치열한 공방전을 벌이고 있는 '국가보안법 폐지' 논란이 바로 그러하다. 그러나 그 탄생 배경을 알고 보면, '어느 쪽이 암까마귀인지, 어느 쪽이 수까마귀인지' 삼척동자라도 쉽게 알 수 있다.

1948년 동 법안이 국회에 상정되었을 때 국회의원 48명이 폐기동의안을 제출하면서, 노일환 의원이 '추상적이고 애매한 법률로써 각자의 마음양심을 처단하려는 이 법은 국가의 안녕 질서를 위하려는 것보다 소수가 다수를 억압하려는 독재적 의도에서 나온 것'이라고 지적하자, 이에 권승렬 법무부장관은 '물론 평화시기의 법률은 아니다. 비상시기의 비상조치니까 인권옹호 면에서 조금 손상이 있더라도 불가불 건국에 이바지하지 않으면 안 되리라 생각한다.'며 법안 통과를 요청했던 것이다. 형법이 제정되기 5년 전의 이야기다.

1953년 법전편찬위원회형법입안자는 형법전을 편찬하면서, 보안법을 비롯한 각종 형사특별법을 이에 흡수시키려 했던 것이 기본방침이었다. 그리하여 부칙 제12조에 '본법 시행 직전까지 시행되던 다음의 법률·포고, 또는 법령은 폐기한다.'고 규정하고, 15개항을 열거했던 것인데, 그 15번째가 바로 '국가보안법' 이었다.

그리고 국회 법제사법위원회에서는 국가보안법의 규정들이 모두 형법안에 포함되어 있기 때문에 동 법안을 폐지한다는 원안을 국회에 상정했었다. 형법안을 초안했던 김병로 대법원장마저도 '국가보안법은 형법으로 대체할 수 있다.'고 밝혔다.

그런데 1953년 7월 8일, 국회 본회의에서 부칙을 심의하는 과정에서 한 의원이 '법체제보다는 국민정서를 고려하여 존속시키자.'는 반론을 제기함으로써 표결 결과 재석 102명 중 찬성 10, 반대 0, 기권 92표로 원안이 부결되고 말았다. 기권표가 절대다수였던 주요 원인은 휴전을 눈앞에 두고 전투가 한창 치열하게 전개되고 있는 당시의 '전시치안상태와 국민에게 주는 심리적 영향'을 고려했던 것이다.

우리가 여기서 주목해야 할 것은, 그 당시 국가보안법을 폐지하자는 데 대해 반대표가 단 1표도 나오지 않았다는 사실이다.

### 국가보안법에 목숨을 거는 이유

그로부터 반세기가 흘러간 오늘, 동서냉전체제가 붕괴된 것을 비롯하여, 국내외의 정세는 판이하게 변화했다. 한국전쟁 당시 적대관계에 있던 중국이 우방으로 부상했는가 하면, 김대

중·김정일 두 정상이 뜨거운 포옹까지 했다. 정주영이 1천 마리가 넘는 소 떼를 몰고 휴전선을 넘어간 데 이어, 누구나 마음만 먹으면 금강산 관광까지 하는 세상이 되었다. 경원선 복원공사, 개성공단 건설, 쌀·비료·의료품 등의 대북물자 지원, 이산가족 상봉, 올림픽 동시 입장, 국제경기 상호응원 등, 이러한 일련의 변화를 감안하면 사실 국가보안법은 이미 효능을 상실한 지 오래다. 따라서 국가보안법 폐지에 관한 논쟁은 '이념적 차원'이 아니라 '인권적 차원'에서 접근해야 옳다. 이미 유엔을 비롯한 여러 국제인권기구들이 이에 대해 여러 차례 문제를 제기한 사실을 상기해보라.

그렇다면, 한나라당으로 대표되는 보수수구기득권 쪽에서 '죽을 각오'로 보안법 폐지를 반대하는 이유는 무엇일까?

그 해답은 이미 나와 있다. 오늘의 그들을 있게 한 '존립기반'이 다름 아닌 보안법이기 때문이다. 다시 말해서, 여당이 추진하는 '4대 개혁법안'이 국회에서 통과되는 날, 그들은 반세기 동안 누려왔던 권력과 재력과 명예를 하루아침에 박탈당한다고 믿고 있는 것이다.

반세기에 걸쳐 자유당과 군사독재정권은 국가보안법을 얼마나 많이 악용해왔던가!

체불임금을 달라고 시위하면 빨갱이로 몰아 잡아넣고, 공명선거를 요구해도 북한이 요구하는 것과 같다고 투옥하고, 민주화를 외치면 물고문·성고문·전기고문으로 생사람을 죽이거나 병신으로 만든 게 바로 국가보안법이었다. 조봉암을 죽인 것도, 김대중이 지팡이를 짚게 된 것도, 밀양 출신 인재구·신영복 등 수많은 인사들이 억울하게 목숨을 잃거나 옥살이를 하게 된 것도 모두 국가보안법 때문이었다.

필자는 이 글을 쓰면서도 한편으로는 은근히 겁이 난다. 국가보안법 콤플렉스 때문이다. 이전 같으면 지상에 발표되기가 무섭게 수사당국으로 끌려가 영락없이 '간첩'으로 몰리고 말았을 테니까 말이다. 서가에 꽂혀 있는 '이념서적'들을 '증거'로 제시하며 물고문·전기고문을 해대는 데야 무슨 통뼈라고 버텨낼 수 있겠는가.

이제 분명해졌다, 왜 저들이 보안법에 목숨을 거는지……. 보안법을 악용한 주체이거나 또는 그로 인하여 이득을 챙긴 자들이기 때문이다. 게다가 반세기 동안 국가와 민족 앞에 저지른 죄상이 너무나 많기 때문이다.

따라서 필자는 여당 측에서 제안하는 어떠한 대체입법도, 형법 보완도 반대한다. 그것은 이름만 바꾼 또 하나의 족쇄일 뿐이다. 수구보수층을 껴안으려는 전략에 다름 아닌 것이다.

민주화가 이뤄져 이제는 악용될 소지가 없으니 통일이 될 때까지 존속시키자는 주장 또한 설득력이 없다. 차기 정권에서 악용하지 않는다는 보장이 없지 않는가.

공포의 국가보안법, 이제는 박물관으로 보내야 한다.
'국민에게 주는 심리적 영향'은 50년으로 충분하지 않은가.

### 왜 노무현인가

지난 대선에서 국민들은 왜 노무현을 선택했던 것일까?

그는 명문 법대 출신도, 고급 관료 출신도 아니며, 정치 9단은 더더욱 아니다. 그럼에도 불구하고 대선 당시나, 탄핵재판 과정에서 보다 많은 국민들이 열렬히 그를 지지했던 것은 무엇 때문일까?

노무현 대통령

해답은 오직 하나, '신선한 변화'를 갈망하는 시대적 요구였다. 낡은 제도와 관행의 틀을 깨고 21세기로 나아가는 새로운 정치 패러다임을 창출하라는 주문이었던 것이다.

필자는 가끔 이런 생각을 해본다. 만약에 이회창이 대통령이 되었더라면, 과연 '차떼기'로 대표되는 정경유착의 고리를 끊고, 깨끗한 총선을 치르고, 군 입영 비리를 파헤칠 수 있었을까? 결코 그렇게 하지 못했을 것이, 제 눈을 제가 찌를 수는 없지 않은가.

지난 11월 4일, 미 대선 결과가 확정되자 패자인 케리 후보자가 승자인 부시 당선자에게 아낌없는 축하를 보내면서, 자신을 지지했던 유권자들에게 국론을 분열시켜서는 안 된다고 호소하는 장면은 참으로 신선했다. 거기에는 승자도 패자도 없었다. 오로지 '민주주의'라는 승자만이 존재할 뿐이었다.

그런데 부끄럽게도 우리의 경우는 패자 쪽에서 승자를 대통령으로 인정하려 들지 않는다. 명문 법대에다 대법관 출신인 후보가 상고 출신에다 일개 변호사 출신인 후보한테 무릎을 꿇고 말았으니 자존심이 오죽인들 상했을까만, 민주주의를 신봉한다면 미국의 케리 후보처럼 깨끗이 승복하고 정책정당으로서 상생정치를 실현해야 차기라도 바라볼 수 있지 않겠는가. 헌데 한나라당은 그러질 않았다. 사사건건 여당의 발목을 잡고 늘어지더니 급기야는 탄핵소추까지 하지 않았던가. 그 결과는 어떠했던가? 생각만 해도 끔찍한 것은, 당시 국민들의 비등하는 여론이 아니었던들, 과연 헌재의 판결이 노 대통령의 손을 들어주었을까 하는 점이다. 행정수도이전 위헌 결정으로 미뤄보아서 하는 말이다.

결코 그럴 리는 만무하겠지만, 그동안의 작태로 보아 어쩌면 한나라당은 열린우리당이 실정을 거듭하기를 내심 바라는 게 아닐까 하는 의구심마저 들 때가 있다. '민생'을 볼모로 여론몰이를 하면서, 오로지 차기 대권을 잡기 위해 절치부심하는 것 같은 인상을 받는 것은 비단 필자만일까?

노무현 대통령이 야심작의 하나로 내놓은 것이 '4대 개혁법안'이다. 여기에서 우리가 한 가지 유념해야 할 것은, 이들 개정법안이 당초의 의지에서 많이 후퇴했다는 점이다. 구체적으로 말해서, 국가보안법의 반국가단체 개념이 내란목적단체로 이름만 바뀌어, 처벌 대상을 추상적으로 규정한 독소 조항들을 고스란히 옮겨 놓은 형법 개정안이나, 언론사 소유 지분분산 조항을 빠뜨린 언론관계법 재개정안이나, 개방형 이사제를 도입하면서도 '이사를 추천하는 데 법인과 협의를 해야 한다.'는 단서조항을 닮으로써 실질적인 권한행사를 차단한 사립학교법 개정안 등, '4대 개혁법안'이란 것도 따지고 보면 많은 문제점과 개악 요소를 내포하고 있다는 사실이다. 이는 노사모 등 노무현을 지지했던 많은 이들이 등을 돌리는 아픔을 감내하면서 고육책으로 내놓은 대타협안인 것이다.

그럼에도 불구하고 한나라당을 위시한 보수기득권에서는 이마저 외면한 채 시종일관 민생을 볼모로 국론분열을 부추기는 데에만 혈안이 되어 있으니 참으로 넌더리가 난다.

'민생' 문제라면 문외한인 필자로서도 할 말이 있다. 도대체 누구 때문에 생긴 민생인가? 언제부터 챙겼다고 말끝마다 민생 타령인가? 보수수구기득권층은 민생 문제를 논할 자격이 없다. 농민들은 땀 흘려 일하는데, 가게들은 줄줄이 휴점 폐업을 하는

데, 해외관광을 이웃 나들이하듯 하는 이들이 누구이며, 자녀들을 해외로 내보내어 조기유학을 시키는 이들이 누구인가? 탈세와 체납을 밥 먹듯 하면서 자녀의 혼수에 억대 다이아반지를 챙겨 넣어야만 직성이 풀리는 족속들이 누구이며, 생산에 재투자해야 할 기업이윤을 해외로 빼돌려 부동산 투기 따위를 일삼는 파렴치한들 또한 누구인가?

### 노 정권에 고한다

요 며칠 사이에 이상한 기류가 감지되고 있다.

개혁의 주체인 열린우리당이 '대타협안'마저 먹혀들지 않자, 연내 처리를 포기한다는 설이 그것이다. 일방적으로 밀어붙였다가 후폭풍을 맞을까 봐 두려워한다는 것이다.

민중들의 개혁 열망을 외면한 채 수구집단들과 정치적 타협을 하려는 일체의 행태를 우리는 결코 용납할 수 없다. 이미 일각에서는 '민중을 기만하는 정치사기극'이라느니, '권력놀음에 빠진 닫힌 자세'라는 비난까지 쏟아져 나오고 있다. '척결과 청산'이라는 역사적 사명감이 고작 후폭풍에 쓰러지고 말 줄 알았더라면, 국민들의 열망을 끝내 배신하고 권력유지와 차기집권을 노린 양강 구도의 정쟁 쪽으로 가닥을 잡는 기회주의자인 줄 진작 알았더라면, 애당초 민중들은 노무현을 선택하지 않았을 것이다. 정치 초보자로서 여러 가지 거듭되는 실정에도 불구하고 아직도 민중들이 그에게 힘을 실어주고 있는 것은 오로지 '척결과 청산'에 대한 강렬한 열망 때문이 아닌가.

그리하여 필자는 감히 노 정권과 여당에 고하는 바이다.

진실로 권력유지와 차기집권을 노릴진대, 양강 구도의 정쟁에 휘말릴 것이 아니라, '척결과 청산'이라는 역사적 사명을 완수하는 데 초지일관 진력하라는 것이다. 그렇지 않으면, 민중들의 투쟁 목표가 반수구전선에서 반노전선으로 이동될 수밖에 없을 것임은 불을 보듯 훤하다. 과반수의 힘을 가지고서도 국가보안법 하나 처리하지 못하는 무능한 정당, 차려 주는 밥상도 챙겨먹지 못하는 무능한 정권에 더 이상 기대를 거는 민중이란 존재하지 않는다. 정작 두려워해야 할 후폭풍의 주체는 수구보수세력이 아니라 지금까지 지지했던 진보개혁세력이란 점을 노 정권은 명심해야만 한다.

하기야 이미 위헌판결의 쓴맛을 경험한 노 정권이고 보면 수구보수세력의 후폭풍을 두려워할 만도 하다. 그러나 결코 노 정권은 물러서지 말라. 저쪽에서 일천만 명 서명을 받아낸다면 이쪽에서는 이천만 명 서명을 받아낼 수 있으며, 저쪽에서 위헌소송을 제기한다면 이쪽에서는 거국적인 촛불시위로 맞설 것이다.

1975년 4월, 세계사법사상 유례 없는 인혁당사건의 조작 진상을 폭로함으로써 박정희 정권에 의해 강제출국을 당했던 제

제임스 시노트 신부

임스 시노트 신부메리놀수도회는 최근 모 일간지와의 인터뷰에서 이렇게 말했다.

"국가보안법은 민주국가에서 부끄러운 법이다."

그렇다. 인권국가로 비상하기 위해서는 사상과 표현의 자유를 억압하는 국가보안법은 한시바삐 폐지되어야 마땅하다. 국가보안법이 존재하는 한 대한민국을 인권국가라고 말할 수 없으며, 인권국가가 아닌 이상 민주국가라고 말할 수 없는 것이다.

『미리벌신문』, 2004. 12. 20.

# 보수와 진보, 그리고 양심

전란의 잿더미를 딛고, 60년이라는 짧은 기간에 세계 10위권의 경제대국으로 부상한 대한민국이 자랑스럽다.

어디 경제 분야뿐인가. 문화 분야·스포츠 분야 할 것 없이 오늘날 대한민국의 위상은 날로 선양되고 있다.

그럼에도 불구하고, 『뉴스위크』지가 2010년 8월호에 발표한 국가행복지수*에서 OECD 30개국 가운데 우리나라가 25위라는 사실은 무엇을 의미하는가? 한마디로 말해서, 허울만 '경제대국'일 뿐 정작 국민 한 사람 한 사람이 느끼는 행복체감온도는 하위권에 속한다는 이야기가 아닌가!

게다가 세계경제포럼이 2011년도에 조사한 자료에 의하면, 입법기관 효율성은 138개국 중에서 131위, 행정규제 부담수준은 138개국 중에서 107위, 노사협력은 134개국 중에서 95위이

* OECD에서 경제발전 · 자립도 · 형평성 · 건강 · 환경 · 생활만족 등 총 7개 분야 26개 세부항목을 평가하여 산출하는 국가 간의 비교 지표.

며, 세계은행이 2009년도에 조사한 자료에 따르면 고용 및 해고가 183개국 중에서 150위라고 한다. 더욱 충격적인 것은 국가부패율이 OECD 30개국 중에서 1위를 자시하고 있다는 사실이다.

국가행복지수 순위에서 우리가 주목해야 할 것은 덴마크가 1위, 노르웨이가 2위, 스웨덴, 핀란드가 각각 그 뒤를 잇고 있다는 점이다.

이들 나라들은 결코 경제대국도, 군사강국도 아니다. 그럼에도 불구하고 국가행복지수가 높은 까닭은 무엇일까? 그것은 다름 아닌 사회복지제도 때문이다. 이 나라들은 유치원부터 대학까지 등록금이라는 게 없다. 병에 걸려도 치료비를 걱정하지 않아도 된다. 사회적 약자들에 대한 관심과 남에 대한 무한 배려, 더불어 사는 사회시스템과 문화적 풍토가 국민들로 하여금 행복을 체감하도록 해주는 것이다.

대한민국은 '세계 10위권의 경제대국'이란 말이 무색할 정도로, 유독 정치 부문만은 1950년대나 지금이나 달라진 게 없다는 것이 일반 국민들의 인식이다. 오직 당리당략만 존재할 뿐, 국민의 눈물과 상처는 보이지 않는 게 대한민국 정치인들의 시력이다. 신성한 의사당 안에서 치고받는 것도 모자라 이제는 물대포·최루가스까지 동원되는 판이니, 이쯤 되고 보면 진흙바탕에서의 개싸움이라는 말밖에 달리 표현할 길이 없다.

제19대 총선을 앞두고 여야가 오랜만에 한 목소리로 '민생 살리기'를 최우선 공약으로 외친 것은 아이러니하다. 자기 당이 다수당이 되면 '민생 살리기'에 총력을 쏟겠다는 것이다. 그렇다면 제18대 국회에서는 어째서 다수당인 한나라당이 그걸 해내지 못했단 말인가?

4년간 발의된 의안이 총 13,877건의원 12,184, 정부 1,693, 그중에서 무려 6,450건이나 되는 안건들이 상정도 해보지 않은 채 폐기될 운명에 놓여 있다니, 국민의 한 사람으로서 분개하지 않을 수 없다. 그 가운데에는 상당수가 '민생'에 관한 것일 터이다. 자칫 19대 국회에서도 한낱 구두선에 그치지 않을까 심히 염려스럽다.

대한민국의 정치풍토를 생각할 때마다, 나는 백기완 선생의 사자후의 한 대목을 떠올리곤 한다.

> 버스 운전기사가 핸들을 난폭하게 꺾어 갑작스레 우회전을 하면 어떻게 되겠어요? 좌로 쏠릴 수밖에 없는 법이에요.

그랬다. 자유당의 일당독재, 5·16군사쿠데타, 유신독재, 긴급조치, 12·12신군부쿠데타 등을 '운전기사의 난폭한 우회전'에 비유한다면, 4월혁명, 부마항쟁, 5·18민주화운동, 6월항쟁 등은 상대적으로 일어날 수밖에 없었던 '승객들의 좌로 쏠림 현상'에 다름 아니었던 것이다. 승객들의 '좌로 쏠림 현상'이 일어나지 않았더라면 모든 승객들, 운전기사까지 몰사했을 것임은 두말할 나위도 없다.

그러나 불행히도 이 과정에서 많은 사상자들이 발생함으로써 운전기사와 승객들 쌍방 간에 책임을 둘러싼 공방전이 거듭되고 있음은 실로 통탄스럽다.

자신의 과오를 솔직히 시인하지 않고, '어쩔 수 없는 선택이었다.'느니, '법의 심판에 맡기자.'느니 하는 식의 발뺌은, 대동아전쟁은 동양평화를 위해서 어쩔 수 없는 선택이었노라고, 위안부를 강제동원한 증거가 없노라고, 독도를 자기네 영토라고 우기는 일본 극우파에 못지않은 뻔뻔스러움의 극치가 아닐 수 없다.

비난의 화살이 빗발치자 마지못해 하는 사과는 '사과'로 포장한 한낱 꼼수일 뿐이다. 진심에서 우러나오는 사과를 하려면, 친일행각, 군사반란, 과거사진상……, 이 모든 과오를 솔직히 인정하고, '부일장학회'·'mbc'·'영남대학교' 등 권력으로 찬탈한 비리를 먼저 환원시키는 것이 올바른 순서가 아니겠는가!

그렇게 할 때, 진정 '용서받을 수 있는 사과'가 될 것이며, 동시에 사상자와 유족들, 그리고 국민들 또한 비로소 '산업화 업적을 인정해 주는 눈부신 화해의 악수'를 내밀게 될 것이다.

2005년 KBS가 신년특집으로 마련한 〈광복 60년, 이것이 대한민국!〉이란 프로에서, 전국 만 20~60세 남녀 2,005명을 대상으로 광복 이후 60년간 대한민국의 위상을 드높인 인물을 설문조사한 결과, 박정희 전 대통령과 김대중 전 대통령이 선정되었다는 사실은 시사하는 바가 크다.

보수우파는 김대중 등의 민주화 업적을 인정하고 존중해야 할 것이며, 진보좌파 또한 이승만, 박정희 등의 건국 및 산업화 업적을 인정하고 존중해야 할 것이다.

1988년 미국의 민주당 대통령후보 경선전당대회에서 제시 잭슨 후보가 한 연설 가운데 이런 구절이 있다.

'하늘을 나는 저 새를 보십시오. 새가 어디 오른쪽 날개로만 날고 있습니까? 왼쪽 날개가 있고, 그것이 오른쪽 날개만큼이나 크기 때문에 저렇게 멋있게 날 수 있는 것입니다.'

흑두루미의 비행
사진 제공: 주남저수지탐조대

경선 결과 상대인 마이클 듀카키스에게 패하긴 했지만, 리영희 교수가 『새는 좌·우의 날개로 난다』라는 책을 펴냈을 정도로, 잭슨의 이 말은 지구촌의 많은 사람들의 공감을 얻었다.

그렇다. 보수와 진보, 우파와 좌파는 같은 길을 걸어가는 경쟁적 동반자이지, 결코 적대적 관계가 아니다. 그것은 동전의 양면과도 같으며, 수레의 양 바퀴와도 같은 것이다. 보수가 옳은가, 진보가 옳은가 하는 것은 우문에 불과하다. 보수가 있음으로 해서 상대적으로 진보가 존재하며, 진보가 있음으로 해서 보수의 의미를 찾을 수 있는 것이다. 좌와 우가 서로 균형을 유지하면서 상호 보완할 때 비로소 그 존재의 의미가 있다는 말이다. 더 이상 반목하고 대립할 것이 아니라, 서로 인정하고 존중하는 데서부터 새 출발을 해야 한다.

'친노'니 '비노'니, '친박'이니 '친이'니, '주류'니 '비주류'니 따지는 걸 보면, 서인과 붕당싸움을 벌이던 동인이 북인과 남인으로 갈리고, 남인이 다시 청남과 탁남으로 나뉘어 권력싸움에 골몰했던 수백 년 전보다 더했으면 더했지 조금도 나아진 것이 없다는 생각이다.

이제는 달라져야 한다. 그러기 위해서는 좌파든 우파든 양심의 눈을 크게 떠야만 한다. '햇볕정책'을 놓고도 보수우파 내에서도 지지하는 자가 있을 수 있고, 진보좌파 내에서도 지지하지 않는 자가 당연히 있게 마련이다. 당리당략에 의해 일단 당론이

정해지면 좋든 싫든 무조건 거수기 노릇을 할 것이 아니라, 국가양심, 민족양심의 명령에 따라 이른바 '반란표'를 행사할 수 있어야 한다.

보수든 진보든 모두 '양심'으로 돌아가자. 양심을 속이고 '편 가르기'에 편승하여 냉전시대의 화석화된 색깔론으로 진보좌파를 공격하거나, 80년대 운동권의 낡은 이념으로 보수우파를 공격한다면 한국사회의 미래는 암울할 뿐이다.

그리하여 이제는 상생하는 국회, 화합하는 국회, 서민을 생각하는 국회, 복지를 지향하는 국회가 되어야만 한다.

'양심은 현존하는 사회 질서의 개조를 위해 적극적인 노력의 회전축이 될 때 비로소 의미가 있다.'고 한 J. 듀이의 말을 음미할 필요가 있다.

대다수의 국민들은 변화와 개혁을 갈망하고 있다. 여당이나 야당이 그것을 완수하지 못할 때에는 국민들은 새로운 대안을 찾을 수밖에 없다. '안철수 신드롬'이 바로 그 증표가 아니겠는가!

마산문인협회 초청강연 요지. 2012. 10.

# 신해가사新海歌詞

—박근혜 · 최순실게이트 촛불집회 참가기

龜乎龜乎出水路 거북아 거북아 수로부인을 내어놓아라
掠人婦女罪何極 남의 부인을 앗아간 죄가 얼마나 크냐
汝若悖逆不出獻 네 만약 거역하고 내어놓지 않는다면
入網捕掠燔之喫 그물로 잡아서 구워 먹고 말리라

작자 미상 「해가사海歌詞」 전문

박근혜 하야 촛불시위

## 1

애당초 태어나지 말았어야 할 정부였다. 오죽했으면 한때 대변인으로서 온갖 독설과 궤변으로 박근혜를 옹호했던 전여옥마저도 여과 없이 쓴소리를 퍼부어댈까. 그녀의 말을 들어보자.

> 박근혜 대통령은 모른다, 자신이 무엇을 잘못했는지를. '나쁜 사람들' 때문이라고 말한다. 자기와 관계없는 나쁜 사람들. 박근혜는 '여왕'이었고, 이 나라 국민은 그녀의 '백성'이었다. 최태민 일가라는 유령 집단은 '박의 나라'에서 어느 누구도 범접할 수 없는 특권층이었다. 그들은 세상 무서운 줄 모르고 날뛰었다. 박근혜 대통령은 그들의 꼭두각시였다.
>
> 전여옥 『오만과 무지』에서

그랬다. 지난 4년 동안 박근혜가 이룩한 업적이라고는 고작 국가 정상 간의 의전 활동 하나밖에 더 있는가? 아니, 그마저도 최순실이 제공한 의상과 가방으로 치장하고, 최순실이 써준 연설문을 앵무새처럼 읊는 게 전부였으니, '최태민 일가라는 유령 집단'의 '꼭두각시'였다는 전여옥의 송곳지적은 독자들의 갑갑한 가슴을 시원하게 뻥 뚫어준다.

그녀가 차점자인 문재인을 근소한 표차51.55:48.02로 제치고 제18대 대통령으로 당선될 수 있었던 것은, 자신의 능력이 아니라 아버지 박정희의 후광과 가족사적인 연민, 그리고 조작된 선전, 선동 등의 결과였다고 해도 과언이 아니다.

전여옥이 박근혜를 두고 '정치적 식견·인문학적 콘텐츠도 부족하고, 신문기사를 깊이 있게 이해하지도 못한다.', '대통령이 될 수도, 되어서도 안 된다.'고 한 돌직구 발언이나 일찍이 김영삼이 김문수에게 '박근혜는 칠푼이'라고 한 폭탄선언은 맥락을 같이한다.

최순실과 박근혜와의 관계
사진 출처: news chosun.com

'정치적 식견·인문학적 콘텐츠도 부족하고, 신문기사를 깊이 있게 이해하지도 못하는 칠푼이'가 전적으로 타력에 의해 대통령이 되었으니, '어려운 시기에 많은 도움을 주었던 최순실'이 그 자리를 꿰차고 들어간 것은 필연적인 수순이었다.

박근혜·최순실게이트는 바로 이 지점에서부터 출발한다. 아버지인 최태민과 박정희로부터 각기 전수받은 권모술수와 재벌 등치기와 삐딱하게 나가는 놈 족치기로 의기투합했으니 오죽인들 죽이 잘 맞았겠는가!

'칠푼이' 뒤에 철저히 몸을 숨긴 채, 국민을 한낱 개돼지로 취급하며 개인의 영달을 채우기에만 급급했던 간신 모리배들, 기춘대원군·법꾸라지·문고리3인방, 그리고 집권여당인 새누리당, 이들은 모두 이 사건의 공범들이다. 10대의 어린 왕을 용상에 올려놓고, 수렴청정으로 국정을 좌지우지 주물렀던 조선왕조의 망령이 오늘에 되살아난 것이다. 요컨대, 지난 4년간 우리 국민은 일개 무당과 그 패거리들에게 국정을 맡겼던 셈이다.

어느 정부를 막론하고 비선실세가 존재했던 것이 사실이지만, 이처럼 정치·경제·사회·문화·체육·외교·안보 등 국정 전반에 걸쳐 광범위하게 농단당한 적은 일찍이 없었다.

사법부, 행정부, 재벌들은 고양이 앞의 쥐에 불과했다. 바른말을 하는 족족 모가지를 날리거나 불이익을 주기 때문이었다.

돌이켜 보면, 그동안 호미로 막을 수 있었던 기회는 여러 차례 있었다.

'국정원 댓글 진상조사'만 제대로 실시했던들, '정윤회문건파동'만 제대로 파헤쳤던들, '세월호침몰사건'만 제대로 조사했던들, '성완종 리스트'만 제대로 수사했던들, '미르재단, K스포츠재단 논란'을 얼렁뚱땅 덮으려 하지만 않았던들, 나라꼴이 이

지경에까지 이르지는 않았을 것이다.

의혹이 불거져 여론이 비등할 때마다 박근혜는 어떻게 대처했던가?

'일고의 가치도 없는, 사실로 확인되지도 않는 찌라시 수준의 유언비어에 현혹되어 국정이 흔들려서는 안 될 것.'이라느니, '찌라시 수준의 의혹만 가지고 측근들을 물리친다면 누가 내 옆에서 일하겠느냐?'는 식의 궤변으로 오히려 가이드라인을 제시함으로써, 본질은 간 데 없고 도리어 문제를 제기한 사람을 구속하거나 좌천시키거나 해임하는 등, 아버지한테서 물려받은 파렴치한 수법을 그대로 써먹기에 급급했다.

빗발치는 여론에도 불구하고 죽기 살기로 측근들을 내치지 않고 껴안았던 이유는 너무나 자명하다.

자신을 조종해주는 끈이 끊어지는 날, 꼭두각시의 민낯이, 허수아비의 알몸이 백일하에 드러나게 됨으로써 아바타의 역할을, 코스프레의 연기를 끝내고 교도소로 직행해야 할 판이기 때문이다.

그러나 손바닥으로 하늘을 가릴 수는 없는 법, 진실은 반드시 밝혀지게 마련이다.

작년 10월 19일에 이어 24일, 'JTBC 뉴스룸'이 메가톤급 핵폭탄을 터뜨림으로써 '봉건시대에도 있을 수 없는 일'이 기정사실화되자, 그제야 '칠푼이'는 이를 시인하지 않을 수 없었다. 그러나 진정성이라고는 눈곱만큼도 찾아볼 수 없었다.

국민은 더 이상 참을 수 없었다. 마침내 호미는커녕 가래로도 막을 수 없는 사태에 이르고 만 것이다.

10월 29일, 2만여 명의 시민들이 촛불을 들고 '박근혜 퇴진'을 외치며 광화문광장에서 역사적인 첫 집회를 가지자, 이에 당황한 최순실이 이튿날 독일에서 서둘러 귀국했지만, 정치검사들은 체포는커녕 공범들끼리 입을 맞추고 온갖 증거를 인멸할 수 있게끔 30여 시간이 지나도록 수수방관했다.

이에 분기탱천한 국민들은 검찰과 야권을 압박하면서 연일 시국선언문을 발표하고 소규모의 촛불집회를 연 끝에 11월 5일에는 20만여 명이 촛불을 들었다.

11월 11일, 한국작가회의로부터 '11/12 총궐기 촛불집회 4시 시청광장으로 집결'하라는 메시지를 받고, 불원천리 달려가 동참하고 싶은 마음이 굴뚝같았지만, 여러 가지 사정상 "으쌰! 으쌰!"라는 답신만 띄워 보내고 유보할 수밖에 없었다.

그러나 다음날 아침, 모 인터넷방송이 내 마음을 송두리째 사로잡고 말았다.

> 2016년 11월 12일 토요일입니다. 혁명의 아침이 밝았습니다.
> 오늘 저녁 6시 서울 청계광장에서 박근혜 하야를 외치는 민주

시민의 목소리가 전 세계에 공명될 것입니다. 오늘의 이 모임은 단순히 박근혜 씨의 하야 촉구로 그 의미를 다하지 않습니다. 무속인이 대리통치한 전대미문의 총체적 국기 문란에 대해 입헌주의 민주공화국 대한민국의 국민이 결단코 용서하지 않는다는 주권자로서의 사명이기도 합니다. 보수 신문조차 오늘 집회는 정국의 중대 분수령이 될 것이라고…….

이웃에 사는 김대현 조카에게 전화를 걸어 의향을 물었더니 쾌히 동참하겠다고 했다. 평소에 서로 뜻이 잘 맞긴 했지만 믿기질 않아 정말로 가겠느냐고 확인하자, 역사적인 현장에 빠져서야 되겠느냐며 지금 당장 열차표 두 장을 예약하겠다는 것이

11월 12일 서울집회
동행인 김대현과 함께

었다.

그 즉시 울산역으로 달려가 9시 47분발 KTX를 타고 서울역에 내린 것은 12시 10분경이었다. 예정시간이 되자면 한참을 기다려야 함에도 불구하고, 각 지방에서 올라온 수백 대의 전세버스들이 대로 양변에 도열해 있는가 하면, 서울광장으로 가는 차도는 벌써부터 인파로 뒤덮여 있었다.

남대문 부근을 지나는데, '쌀값대폭락 박근혜 퇴진하라'는 캐치프레이즈를 내건 '고故 청와대' 상여가 이목을 끌었다. 상두꾼들이 외치는 「향두가」는 그대로 농민들의 피맺힌 원성이었다.

노동계, 농민계, 종교계, 시민단체, 대학생 단체들 속에 유모차를 끌고 나온 젊은 부모와 초등학생 자녀의 손을 잡고 나온

전국농민자대회에서 풍자한 상여 퍼포먼스

가족 단위의 참석자들이 유달리 눈에 띄었다. 저마다 양초와 피켓을 들고 있었는데, 가장 대표적인 것이 '이게 나라냐'와 '박근혜 퇴진'이었다.

우리도 피켓을 한 장씩 사들고 인파에 휩쓸리며 마이크 소리가 울려오고 있는 서울광장 쪽을 향해 서서히 걸음을 옮겼다.

어떻게나 붐비는지 '한국작가회의'나 '자유실천문인협의회' 깃발을 찾아내기란 모래밭에서 바늘을 찾는 격이었다. 일단 '시립도서관'으로 간판을 바꿔 단 구 시청사 정문 계단 위로 올라가 문자를 보냈다. "시립도서관 정문인데 지금 다들 어디 계셔요?" 몇 차례나 시도해봤지만 번번이 불통이었다. 결국 포기해 버리고, 광장을 쩌렁쩌렁 울리고 있는 마이크 소리에 귀를 기울여보았다.

> 4·19혁명은 박정희 군사쿠데타로 뒤집어지며 미완의 혁명으로 기록됐습니다. 87년 위대한 민주항쟁이었지만, 전두환의 친구 노태우가 대통령이 된 오역의 역사였습니다. 죽 쒀서 개 줄 수 없습니다. 박근혜 퇴진 항쟁은 민중이 주체가 된 더 큰 민주주의로 계속되어야 합니다. 야당과 대권주자들에게 민주노총 위원장으로서 요구합니다. '너희들은 싸우고, 열매는 우리가 가져가겠다.'는 정치적 사욕을 버려야 합니다……

광화문광장에 운집한 성난 촛불들

요란한 박수에 이어 「하야송」 합창이 울려 퍼지기 시작했다.

> 하야 하야하야 하야하야 하야야/ 아버지와 최태민이 제아무리 좋아도/ 꼭두각시 노릇하며 나라 망친 박근혜야/ 동네방네 나라꼴을 굿판 치면 좋으리까/ 박근혜 구속 박근혜 구속/ 순실이 구속 순실이 구속/ 이제는 깜방으로 돌아가주소……

이윽고 우리는 광화문광장 쪽으로 방향을 잡고 이동하기 시작했다.

지난날 서울에 있을 당시 각종 시위에 참가했지만 이렇게 인산인해를 이룬 적은 일찍이 없었다. 문자 그대로 입추의 여지가 없었다.

저마다 촛불을 켜 들고 하나가 된 시민들이 목소리를 높이고 있었다. 우리는 동아일보사 앞 다슬기탑 옆에 간신히 자리를 잡고 앉았다.

충무공 동상과 세종대왕 동상 중간 지점에 마련된 가설무대 위에 여러 유명인사들이 번갈아 등장하여 노래와 자유발언으로 분위기를 한껏 돋우고 있었다. 다소 거리가 멀긴 했지만 대형 스크린과 곳곳에 설치해놓은 스피커를 통해서 시청하는 데는 조금도 지장이 없었다.

그중에서도 가장 인상 깊었던 것은, 남편 윤승호와 함께 등단한 개그우먼 김미화와 대한민국 최고의 말꾼 김제동의 발언이었다. 김미화는 '검찰의 당당한 수사'를 촉구한 데 이어 청와대 쪽을 향하여 "박근혜! 무조건 방 빼!"라고 외쳐 군중들로부터 우레와 같은 박수를 받았으며, 김제동은 거침없는 사이다발언으로 모든 참가자들의 가슴을 시원스레 뚫어주었다.

> 대한민국 헌법 제84조에는 '내란 또는 외환의 범죄를 범한 경우를 제외하면 대통령은 형사상의 소추를 받지 아니한다.'라고 되어 있습니다. 무엇이 내란이고 무엇이 외란인지 한번 생각해봅시다.(…) 백성의 마음을 다치게 하는 것, 시민의 마음을 다치게 하는 것이 내란이다. 저는 그렇게 생각합니다. 우리 헌법 제1조 1항 모든 권력은 국민으로부터 나온다. 그런데 모든 권력이 국민으로부터 나오지 않고, 최순실 일가에서부터 나오게 했다면 헌법 제1조 1항 위반입니다…….

윤민석의 「이게 나라냐」 노래도 감동적이었다.

하야 하야 하야/ 이게 나라냐 이게 나라냐/ 근혜 순실 명박 도둑 간신의 소굴/ 범죄자 천국 서민은 지옥/ 이제 더는 참을 수 없다/ 하야 하야 하야

—국민의 명령이다, 박근혜는 퇴진하라아!
—국가의 주인은 국민이다, 박근혜는 물러나라아……!

청와대를 향하여 일제히 지르는 백만 함성은 고층 빌딩숲의 공명까지 얻어 청와대를 넘어 북악산 전체를 쩌렁쩌렁 울리고도 남았다. 이어 촛불, 핸드폰 불빛, 손전등 등으로 연출되는 장엄한 불빛너울이 청와대 쪽으로 해일처럼 밀려갔다.

한마디로 축제였다. 곤봉도, 물대포도, 최루탄도 없었다.

우리는 청와대까지 진출하는 것은 젊은이들에게 맡기기로 합의하고, 9시경에 인근에 있는 모텔에 들어가 하룻밤을 자고 이튿날 아침 일찍 밀양으로 내려왔다.

골통보수로 낙인찍힌 밀양에서도 뒤늦게나마 여러 시민단체들이 '박근혜퇴진 밀양운동본부'를 결성하여 11월 26일을 기점

밀양에서의 시가행진

으로 매주 토요일마다 촛불집회를 열게 됨에 따라 서울까지 올라가야 하는 번거로움을 덜게 되었다. 음지에서 활약하고 있는 주최 측이 새삼 존경스러웠다.

나는 현재까지 밀양집회에 3차에 걸쳐 참가했다.

1차는 11월 26일 오후 4시, 밀양역 광장에 집결하여 영남루까지 시가행진을 하여 본 행사를 진행했다.

부슬비까지 내리는 음산한 날씨에도 불구하고 1백여 명의 시민들이 밀양역광장으로 모여들었다. 몇몇 낯익은 얼굴들이 무척 반가웠다. 주최 측에서 나눠주는 각종 피켓을 위시하여 「하야송」 가사, 양초, 비닐우의, 손난로 핫팩 등을 받아 든 참가자들은 '박근혜 하야 새누리당 해체', '박근혜 퇴진 최순실 구속'이라 쓴 플래카드를 앞세우고 영남루를 향하여 행진하기 시작했다. 10여 명의 경찰이 중앙차선을 따라 일렬종대로 따라붙었다. 마치 그들도 시위에 참가한 것처럼 보였으므로, 4월혁명 당시 시위대를 가득 태우고 서울 시내를 누비던 탱크가 떠올랐다.

비록 1백여 명 남짓한 숫자였지만, 우렁찬 함성만은 수천 명의 그것에 못지않았다.

하야 하야하야 하야하야 하야야/ 아버지와 최태민이 제아무리 좋아도/ 꼭두각시 노릇하며 나라 망친 박근혜야/ 동네방네 나라꼴을 굿판 치면 좋으리까/ 박근혜 구속 박근혜 구속/ 순실이 구속 순실이 구속/ 이제는 깜방으로 돌아가주소……

삼문동을 지나면서 다리가 몹시 아파왔지만 바로 앞에서 어머니의 손을 잡고 걷고 있는 꼬마를 보면서 버스를 타고 싶은 마음을 접을 수 있었다.

영남루 계단에 모여 있던 1백여 명의 시민들이 우리를 환호하며 맞았다. 밀양문학회 회원 서너 명과 반갑게 인사를 나누었다.

노래와 춤이 끝나고 드디어 자유발언이 이어지고 있을 무렵 시장기가 몰려왔다. 어디 가서 박근혜와 최순실을 안주 삼아 한잔하고 싶은 생각이 간절했다. 몇몇 사람을 잡고 의향을 밝혔더니 저마다 사정을 핑계 대며 사양하는 것이었다.

씁쓰레한 마음을 안고 혼자 시장 건너편 골목 안에 있는 소머리국밥집에 들어가 요기를 하고 있는데 경찰관 다섯 명이 들어섰다.

나는 그들의 노고를 치하해주며 식대를 선불로 대불해주었다. 이름도 밝히지 않은 채 베푼 조그마한 성의를 생각하면 지금도 가슴이 뿌듯하다.

집으로 돌아오는 택시 속에서 끝까지 함께하지 않고 중간에 빠져나온 게 부끄럽게 느껴짐과 동시에 뭐라고 한마디 자유발언을 하지 않았던 것도 후회스러웠다.

11월 29일 오후 2시 30분께 박근혜는 3차 대국민담화를 발표했다. 대통령직 임기 단축을 포함한 진퇴 문제를 국회의 결정에 맡기겠다며, 법 절차에 따라 물러날 것이라고 밝혔지만, 또 한 번 국민을 기만하는 꼼수에 불과했다.

12월 3일 오후 6시, 영남루 계단에서 열린 밀양 2차 집회에서 나는 마이크를 잡았다.

"여러분, 어쩌다가 나라가 이 꼴이 되었습니까? 한번 대답해 보십시오. 누가 나라를 이 지경으로 만들었습니까?"

그러자 여러 사람들이 이구동성으로 외쳤다.

"최순실이오."

나는 단호한 목소리로 "아닙니다." 했다. 그러자 "박근혜요.", "김기춘이오.", "우병욥니다." 하는 말들이 중구난방으로 쏟아져 나왔다. 나는 번번이 "아닙니다." 하고 나서 말했다.

"부끄럽게도 그 범인은 바로 우리들 자신입니다. 박근혜를 찍어준 우리 유권자들이란 말입니다. 그날 투표장으로 가지 않고 산으로 들로 놀러 다닌 우리들 자신이란 말입니다. 처칠이 말했습니다, 그 나라 민주주의의 수준은 그 나라 국민의 수준이 결정한다고…….”

그러자 모두들 숙연해졌다. 나는 목소리에 더욱 힘을 주었다.

“저는 요즘 종종 주위 사람들에게 이렇게 물어봅니다, 박근혜를 찍어준 이유가 뭐냐고……? 돌아오는 대답은 한결같았습니다. 박근혜가 좋아서 찍어준 게 아니라 그 아버지 박정희를 보고 찍어주었다는 겁니다.

밀양시민 여러분! 제가 오늘 이 자리에 선 것은, 대다수의 국민들이 추앙하고 있는 박정희의 가면을 벗겨 그 실상을 여러분에게 똑똑히 보여드리기 위해섭니다.

흔히들 이렇게 말합니다, 박정희 대통령이 무력으로 정권을 찬탈한 건 나쁘지만, 오늘날 모든 국민들을 배불리 살 수 있게 해준 공로만은 인정해야 한다고……. 정말로 그렇게 말할 수 있을까요? 그렇다면 이런 경우를 한번 가정해봅시다.

어느 찢어지게 가난한 집에 한 절세미인이 살고 있었는데, 평소에 그녀에게 잔뜩 흑심을 품고 있던 어떤 파렴치한이 밤중에 담을 뛰어 넘어 들어가 반항하는 남편을 죽인 데 이어 그 미인을 겁탈함으로써 그 집의 새로운 가장이 됩니다. 그리고 그는 자신의 잘못을 무마하기 위하여 그 집 재산을 크게 불려 부자가 되게 해줍니다. 자, 이 경우에도 그 파렴치한이 지은 죄는 나쁘지만, 그 집 식구들을 배불리 살 수 있게 해준 공로는 인정해줘야 한다고 말할 수 있습니까?

여러분, 박정희 정부가 이와 다를 게 뭐 있습니까? 과연 박정희가 우리 국민을 배불리 먹여 살릴 목적으로 5·16군사쿠데타를 일으켰던 것일까요? 천만의 말씀입니다. 오로지 자신의 살길을 찾아 총칼을 들었던 것입니다. 자유당 당시 친일파를 청산하려다 무위로 그친 반민특위가 민주당 정권에서 재가동되는 날, 관동군 장교로 일제에 충성했던 자신의 앞날이 뻔히 내다보였기 때문입니다. 5·16에 참가했던 핵심 세력의 대부분이 만주군관학교 선후배들이란 사실이 이를 증명해줍니다.

자, 총칼로 정권을 탈취했으니, 그 다음 수순은 무엇이겠습니까? 국민으로부터 면죄부를 받는 일 아니겠습니까? 어떻게 하면 국민들로부터 신임을 받아 영구집권을 할 수 있을까, 궁리에 궁리를 거듭하던 끝에 마침내 그 해답을 찾아냅니다. 장면 정부가 추진하고 있던 '경제개발5개년계획'을 그 이름 그대로 도용하고, 장면 정부의 국토건설단장 장준하 선생이 추진하고 있던 '농촌부흥운동'을 '새마을운동'으로 이름을 둔갑시켰던 것입니다. 다시 말해서, 박통이 아니었더라도 경제부흥을 이룩할 수 있었다는 얘깁니다. 발전이 좀 더디면 어떻습니까, 자유와 인권이 박탈되고 유린된 채 배부른 개돼지로 살면 무엇합니까?

5·16군사쿠데타가 정당하지 못했다는 것은, '5·16광장'이 '여의도광장'으로, '5·16장학회'가 '정수장학회'로 명칭을 바꾼 것만으로도 입증이 되고도 남습니다.

전쟁의 폐허를 딛고 한국을 세계 10위의 경제 강국으로 만든 것은, 농촌에서 공장에서 구슬땀을 흘렸던 수많은 농민과 노동자, 이역만리 서독 땅에서 땅굴을 파고 피 걸레를 빨았던 광부와 간호사, 중동 땅에서 동남아에서 피땀을 흘렸던 수많은 해외근로자, 심지어 남의 나라 전쟁터에서 목숨을 달러와 바꾸었던 파병용사들의 희생이 있었기에 가능했지, 그 시간에 지하벙커에서 미인들 옆구리에 끼고 앉아 양주 마셔가며 일본 군가를 불렀던 박정희의 덕분이 결코 아니었다는 사실을 우리는 알아야 합니다.

여러분, 아버지 박정희를 믿고 박근혜를 찍어준 대가가 과연 무엇이었습니까?

자신의 권력을 유지하기 위해서 현대판 살생부인 블랙리스트를 작성해놓고 끊임없이 감시하고, 협박하고, 미행하고, 도청하고, 감금하고, 고문하고 죽이기를 밥 먹듯이 했던 그 아버지한테서 배운 독선과 오만과 불통으로 무장하고, 일찍이 몸과 마음을 다 내어주었던 최태민의 딸 순실이를 끌어들여 상왕으로 모신 가운데 유신헌법을 기초했던 김기춘을 호위무사로 기용하여, 민주주의를 반세기 이전으로 후퇴시켜 나라를 엉망진창으로 만들어 놓은 것밖에 더 있습니까?"

그러자 우레와 같은 박수가 터져 나왔다. 나는 목소리를 더욱 높였다.

"밀양시민 여러분, 이렇게 철저하게 기만당하고도 다가오는 대선에 또다시 새누리당 후보를 찍으실 겁니까?"

"아닙니다."

"또다시 투표장으로 가지 않고 산으로 들로 놀러 다니실 겁니까?"

"아아뇨."

"좋습니다. 그런 의미에서 제가 구호를 선창할 테니까, 다함께 힘차게 세 번씩 복창해주시기 바랍니다. 이게 나라냐아!"

"이게 나라냐아! 이게 나라냐아! 이게 나라냐아!"

"니가 대통령이냐아!"

"니가 대통령이냐아! 니가 대통령이냐아! 니가 대통령이냐아!"

"니가 대통령이면 나는 하느님이다아!"

"니가 대통령이면 나는 하느님이다아! 니가 대통령이면 나는 하느님이다아! 니가 대통령이면 나는 하느님이다아!"

"마지막으로 제가 '박근혜에!' 하면 여러분은 '하야' 하고 외치는데, 지난 11월 12일 서울에 가서 배운 것을 그대로 한번 실행에 옮겨 볼까 합니다. 그냥 '하야아!' 하지 마시고, '하이야!' 하고 외치는 겁니다. '하야아!'가 아니라 '하이야!'입니다 아시겠죠?"

"예에!"

"박근혜에!"

"하이야!"

"박근혜에!"

"하이야……!"

소도 뿔났다. '박근혜 하야하라'

이날 전국적으로 232만 명이 촛불을 듦으로써 1987년 6월항쟁이 세운 150만 명의 기록을 갱신했다고, 당일 밤 TV는 보도했다. 참가자들의 모습도 다양했다. 박근혜, 최순실, 김기춘, 우병우 등 국정을 농단한 원흉들의 가면은 기본이고, 단두대, 심지어는 황소에 강아지까지 몰고 나온 이들까지 있었다.

한편, 여야 합의로 결정된 대통령탄핵소추안 표결일인 12월 9일이 하루하루 다가올수록 불안하기 짝이 없었던 것도 사실이다. 국회의원 3백 명 중에 가결정족수 2백 명을 과연 확보할 수 있느냐가 초미의 관심사일 수밖에 없었다. 야당 3당과 무소속을 모두 합쳐도 172명밖에 되지 않으니, 여당 쪽에서 최소한 28명의 찬성표를 끌어내야만 통과시킬 수 있기 때문이었다. 비박계 쪽에서 최소 35명이 찬성할 것이라고 주장했지만 그렇다고 결코 안심할 수 없었다. 무기명 투표인지라 설령 그들 35명 전원이 찬성표를 던진다고 해도, 야당이나 무소속 측에서 이탈표가 나오지 않는다는 보장도 없지 않은가.

12월 9일, 모든 촛불은 여의도로 집결했다. 만일 탄핵소추안이 부결되는 날에는 국회를 태워버릴 것이라며 여야 의원들을 압박했다.

드디어 오후 4시 9분, "대통령 박근혜 탄핵소추안이 가결되었음을 선포합니다." 하고 정세균 국회의장의 의사봉이 "탕! 탕! 탕!" 울리는 순간, 온 국민은 "으와아!" 하는 함성을 지르며 감격의 눈물을 흘렸다.

찬성표 234표는 재적 인원의 78%에 해당되는 숫자였다. 결국 62표 이상을 집권당에서 가져오는 쾌거를 촛불 민심이 이룩해내었던 것이다.

바로 그 이튿날인 12월 10일, 밀양 3차 집회에 참가하기 위해서 일찌감치 점심을 챙겨 먹고 미리 준비해 둔 플래카드를 말아 들고 영남루 계단으로 향했다.

입추의 여지없이 계단을 꽉 메우고 있는 3백여 명의 시민들이 마침 「하야가」를 열창하고 있는 중이었다.

> 하야 하야하야 하야하야 하야해/ 순실이를 옆에 끼고 말아먹은 박근혜야/ 거짓 사과 오리발로 제아무리 버텨도/ 동네방네 일어서는 국민들을 이길쏘냐/ 내려와라 당장 내려와라 당장/ 하야하라 당장 하야하라 당장/ 국민들의 목소리를 들려나주세

이윽고 자유발언 시간이 주어지자, 나는 플래카드를 말아 들고 앞으로 나갔다.

"여러분, 반갑습니다. 어제 2016년 12월 9일은 한국사에 길이 빛날 금자탑이 될 것입니다. 촛불의 힘은 참으로 위대했습니다. 그렇습니다. '1234567890', 이들 숫자의 절묘한 조합은 우주가 나서서 도와주지 않고서는 결코 있을 수 없는 일입니다.

그러나 이제부터 시작이라는 사실을 우리는 명심해야만 합니다. 앞으로 국회청문회, 특검, 헌법재판 등 태산 너머 태산이 기다리고 있기 때문입니다.

이런 어려운 고비를 기다릴 필요 없이 우리는 한시바삐 박근혜를 청와대에서 끌어내야만 합니다.

여러분, 『삼국유사』에 나오는 「해가사」라는 노래 아시죠? 다들 아실 테지만, 어린이들과 중학생들을 위해서 간단하게 소개해드리겠습니다.

| | |
|---|---|
| 불참 | 1 |
| 찬성 | 234 |
| 반대 | 56 |
| 무효 | 7 |
| 헌재 | 8인 찬성 |
| 근혜 | 9속 |
| 12월 | 10일 모이면 가능 |

'간절히 원하면 우주가 나서서 도와준다.'

신라 제33대 성덕왕 때 순정공이라는 분이 강릉태수로 부임해 가던 도중에 갑자기 커다란 용이 나타나 순정공의 아내인 수로부인을 납치해서 바다 속으로 들어가고 맙니다. 이에 순정공은 어찌할 바를 모르고 발을 동동 구르고만 있는데, 마침 한 노인이 나타나 이렇게 말합니다.

"옛말에 이르기를 뭇 사람의 입김은 쇠도 녹인다고 했소이다. 인근의 백성들을 모아 막대기로 땅을 치면서 큰 목소리로 노래를 부르면 제아무리 용이라 할지라도 어찌 굴복하지 않겠소이까?"

이에 순정공은 노인이 시키는 대로 주민들을 모아 막대기로 땅을 치면서 노래를 부릅니다.

> 거북아 거북아 수로부인을 내어놓아라/ 남의 부인을 앗아간 죄가 얼마나 크냐/ 네 만약 거역하고 내어놓지 않는다면/ 그물로 잡아서 구워 먹고 말리라

그러자 과연 용이 수로부인을 거북이의 등 위에 태워서 내보냈는데, 옷이 물에 젖지 않았을 뿐만 아니라 오히려 향내가 진동했다고 합니다.

자, 여러분! 이 「해가사」가 전하고자 하는 교훈이 무엇이겠습니까? 그것은 그 어떠한 절대 권력도 백성 위에 군림할 수 없다는 것입니다. '대한민국의 주권은 국민에게 있고, 모든 권력은 국민으로부터 나온다.'는 헌법 제1조 2항에 해당되는 만고불변의 진리를 우리의 조상들은 이미 천 년 전에 이렇게 노래로 읊

었던 것입니다.

이러한 「해가사」의 교훈을 면면히 이어받은 우리 국민은, 이러한 조상들의 DNA를 이어받은 위대한 우리 국민은 사월혁명의 함성으로 썩어빠진 이승만 정부를 타도했으며, 부마항쟁의 외침으로 포악무도한 박정희의 유신독재를 종식시켰으며, 광주민주화운동·6월항쟁 당시에는 「훌라송」으로 전두환의 군사정권을 갈아엎었으며, 그리고 지금 이 순간 촛불을 켜들고 「하야송」을 부르며 박근혜를 청와대에서 끌어내려고 하는 것입니다.

그래서 저는 만고의 교훈이 되고 있는 「해가사」를 나름대로 패러디하여 「신해가사」를 준비해 왔습니다." 하고 플래카드를 펼쳐 들자, 군중들의 입에서 일제히 탄성이 터졌다.

12월 10일, 영남루 계단 아래에서의 자유발언

"자, 여러분! 제가 선창하면 세 번씩 힘차게 복창해주시기 바랍니다."

나는 한 구절씩 한 구절씩 끊어가며 목청껏 선창했다.

3백여 명의 시민들이 외치는 함성이 영남루의 밤하늘을 쩌렁쩌렁 울리고도 남았다.

> 꺼내야 꺼내야/ 대통령 자리를 내어 놓아라/ 나라를 이 꼴로 만든 죄가 얼마나 크냐/ 아니곰 내어놓으면/ 아니곰 내어놓으면/ 오천만 촛불로 구워서 먹으리

2016년 말 현재, 촛불집회에 참가한 연인원은 물경 1천만 명을 넘었다. 1917년 러시아 혁명 당시의 67만 명, 1989년 중국 천안문사태 당시의 100만 명과 비교해 볼 때, '민주주의의 발상지인 유럽에서 오히려 한 수 배워야 할 것'이라는 외신들의 보도는 결코 과장이 아니었다. 연행자 한 명 없이, 쓰레기 조각 하나 없이, 2016~2017년 한국의 춥고 어두운 겨울밤을 따뜻하게 환하게 밝히고 있는 촛불시위! 이것이야말로 2017년도 '노벨평화상감'이라고 나는 감히 주장하고 싶다.

참으로 안타까운 것은, 그럼에도 불구하고 아직도 박근혜와 최순실은 시종여일 '모르쇠'로 일관하며 자신들의 무죄를 주장하고 있다는 사실이다.

전여옥은 페이스북에 이렇게 올렸다. “자신을 어렵게 뽑아준 이 나라 국민에게도 감사할 줄 모르는 박근혜 대통령. 국민에게 바칠 처음이자 마지막 선물이 하나 있다. 그것은 탄핵 절차에 따라 물러나는 것이다.”

그러나 ‘칠푼이’ 박근혜에게는 여전히 쇠귀에 경 읽기일 뿐이다.

태극기 부대 시위 장면
사진 출처: 아이뉴스24

이왕지사 전직 대통령 예우를 받기는 글러먹었으니 이판사판 버틸 수 있는 데까지 버티며, 만에 하나 ‘탄핵 기각’을 외치는 ‘맞불집회’에 기대를 걸고 있다면 그보다 더 큰 오산은 없을 것이다. 도대체 태극기 부대의 정체가 무엇인지 똑바로 알아야 할 것이 아닌가? 자신의 국정 능력을 지지해주는 고작 5%에 불과한 ‘무조건 박’인 ‘무박’과 ‘죽어도 박’인 ‘죽박’ 들이 아닌가 말이다.

'역대 대통령 중 가장 깨끗한 대통령'이라느니, '박근혜 대통령님 사랑합니다.' 정도는 표현의 자유라는 차원에서 너그러이 봐줄 수도 있지만, '헌법·자유민주주의 수호', '법치주의', '국정 정상화' 운운하는 대목은 '내 할 말을 사돈이 하는 꼴불견'이요, '군대여 일어나라!', '계엄령을 선포하라!' 따위의 망언은 유치원생들도 웃을 일이다. 참새도 죽을 때는 '짹!' 하고 죽는다고 했던가, 내 귀에는 단말마의 비명으로밖에 들리지 않는다.

3백여 명의 어린 생명이 이미 수장되었음에도 불구하고 "학생들이 구명조끼를 입었다는데 그렇게 발견하기가 힘듭니까?" 이따위 자다가 봉창 두들기는 소리를 하는 '칠푼이'는 더 이상 우리의 대통령이 될 수 없다.

'칠푼이' 대통령이 퇴진하는 그날까지 오천만 국민의 촛불집회는 계속 이어질 것이다. 이는 결코 일개 무능한 대통령을 끄집어 내리려는 것만이 아니다. '위기는 곧 기회'라는 말이 있듯이 이 기회에 그동안 대한민국을 병들게 했던 일제 및 유신 잔재를 말끔히 청산하고, 패권주의·계파주의·지역주의·이념주의의 벽을 뛰어넘어 대한민국의 새로운 장을 열자는 것이다. '꼴통 보수'와 '좌빨 진보'를 배제하고 합리적인 보수, 건전한 진보끼리 새 천년에 걸맞은 새로운 대한민국을 건설하자는 시민혁명인 것이다.

헌재에 의해 탄핵소추안이 '인용'될 것인지 '기각'될 것인지,

어느 쪽으로 판결이 나든 우리 국민의 수준을 보여주는 가늠자가 될 것이다. 만에 하나 기각이 되는 날, '촛불'이 그대로 꺼지고 말 것인지, 아니면 '횃불'로 타오를 것인지, 그 또한 우리 국민의 수준이 될 것이다.

광화문의 어느 빌딩에 펄럭이던 플래카드의 문구가 새삼 떠오른다.

'99%의 새로운 나라, 우리의 힘으로!'

『밀양문학』 제30호, 2017

## 작가 연보

1938년 1세 경남 밀양시 산내면 남명리 동명동속칭 '숲마'에서 부 김원두金元斗 씨와 모 백필경白弼庚 씨 사이에서 8남매 중 장남으로 태어남. 본관은 김해, 아호는 빙곡氷谷, 또는 심우당尋牛堂.

1945년 8세 조부모 슬하에서 유년기를 보내고, 면소재지에 있는 산내국민학교에 입학함.

1951년 14세 부산중학교에 입학함. 2학년 때 국어 교사인 소설가 오영수吳永壽 선생을 사사하며 장차 소설가가 되기로 마음먹음. 3학년 말, 학생지 『학원』 3월호에 시와 콩트가 각각 입선작, 우수작으로 뽑힘.

1954년 17세 부산고등학교에 입학함. 학우들을 대상으로 '일곱별동인'을 조직하고, 동인지 『일곱별』을 등사본으로 제9호까지 발행함. 진로를 서라벌예술대학 문예창작과로 굳히고 학과 공부를 전폐하다시피 함. 체력 단련을 위하여 럭비부에 들어가 스크럼센터로 활동함.

1956년 19세 부산 시내 남녀 고교생 문우들과 '성화동인成火同人'을 조직하고 동인지 『성화』 창간호를 간행함. 부산보건여고가 주최하고, 국제신문사가 후원하는 '경남학생문예콩쿨대회'에 단편 「탈출기」를 응모하여 특선도지사상으로 뽑힘. 심사위원이었던 김정한金廷漢 선생으로부터 격찬을 받음.

1957년 20세 서라벌예대 수석으로 입학함.

1959년 22세 위 학교 수석으로 졸업함. 재학 중 김동리 선생의 추천으로 단편 「낙인烙印」이 『현대문학』 6월호에 실림.

1960년 23세 1월에 육군에 입대함. 육군 보병30사단 병참부에서 33개월간 복무함.

1963년 26세 2월에 부산시 영도구 류복출柳福出 씨의 차녀 문자文子 씨와 결혼함. 3월 초, 밀양시 단장면 소재 홍제중학교 교사로 부임함.

1964년 27세 1월에 맏딸 은하 태어남.

1967년 30세 3월에 둘째딸 나리 태어남.

1968년 31세 세종고등학교로 전임.

1969년 32세 1월에 아들 한얼 태어남.

1971년 34세 동아대학교 부설 중등교원양성소 수료.

1972년 35세 수필 「오너라 나의 봄아」를 『부산일보』4월 6일자에 게재함. 6월, 세종고등학교 정원에 석고로 예수성심상높이 4m을 조각하여 건립함.

1974년 37세 영남상업고등학교로 전임. 김정한의 『인간단지』 · 황석영의 『객지』 등을 읽고 문학 수업을 다시 시작함.

1975년 38세 중앙대학교 사범대학 부속고등학교로 전임함에 따라 솔가하여 서울로 이사함.

1976년 39세 장편 「쌈짓골」을 『창작과비평』에 투고, 여름~겨울호에 분재됨으로써 데뷔작 「낙인」 이후 만 17년 만에 공식 데뷔함. 자유실천문인협회에 가입하여 이후 6월항쟁까지 각종 집회 및 시위에 적극 가담함.

1977년 40세 창작과비평사에서 『쌈짓골』 간행. 단편 「소원수리」를 『창작과비평』 가을호에 발표함.

1978년 41세 장편 『계절풍』을 『창작과비평』에 5회에 걸쳐 분재함. 칼럼 「교원의 사기 위축과 복지」를 『새한신문』78년 8월 17일자에 발표함.

1979년 42세 장편 『계절풍』을 한길사에서 간행함. 칼럼 「사랑을 위한 변주곡」『독서신문』 5월 20일자, 「도시문화에 병드는 농촌」『신동아』 8월호, 「교원 처우 개선 인색하다」『동아일보』 9월 20일자, 「교복시대 지났다」『새한신문』 제1044호 등을 발표함.

1980년 43세 「어떤 교감 선생님」『새한신문』 제1049호, 「죽어가는 교실」『새한신문』 제1055호을 발표함. 단편 「바가지와 찡」을 『실천문학』 창간호에 실었으나, 신군부의 검열에 걸려 제목만 목차에 얹히고 내용은 삭제당함.

1981년 44세 칼럼 「교단아, 나는 통곡한다」를 『신동아』 5월호에 발표함.

1982년 45세 칼럼 「참스승의 길」을 『문교행정』 5월호에 발표함. 7월에 문인해외시찰단의 일원으로 프랑스 · 그리스 · 요르단 · 대만 등지를 시찰함. 소설가 이정호李貞浩 · 윤정규尹正奎 · 이규정李圭正 · 백우암白雨岩 등과 '제3문학동인'을 조직하고 11월에 동인지 『제3문학』 창간호를 한길사에서 펴냄.

1984년 47세 칼럼 「국토사랑의 교육」을 『문교행정』 4월호에 발표함. 10월에 이화여대 연극반에서 『쌈짓골』을 각색하여 『당나무 주인이 누고』를 공연함. 에세이 「농민의 으뜸가는 즐거움, 가을걷이」를 『한국인』 10월호에, 칼럼 「클럽 활동의 실상과 반성」을 『문교행정』 12월호에 각각 발표함.

1985년 48세 에세이 「'나' 아닌 '우리'로서의 삶을 위하여」를 『한국인』 1월호에 발표함. 3월에 부산 거칠산극단에서 『계절풍』과 『쌈짓골』을 합본 각색하여 창립 기념공연을 함.

1986년 49세 4월에 장편소설 『꽃바람 꽃샘바람』 제1부를 일월서각에서 간행함. 칼럼 「H 스님께」·「눈치 배짱 지원의 허구」 등을 『대한불교신문』4월~7월에 발표함.
23년간 몸담았던 교직에서 용퇴하여 청탑학원한샘학원의 전신에 출강함. 칼럼 「밀양문학이 나아갈 길」을 『밀양문학』 창간호에 게재함.
양지학원으로 옮김. 전교조 해직교사 및 문예창작에 관심 있는 현직교사들로 구성된 교육문예창작회 고문으로 추대됨.

1987년 50세 '4·13조치'에 대한 '문학인 206인의 견해'에 서명함.

1989년 52세 장편소설 『꽃바람 꽃샘바람』을 동광출판사에서 간행함. 에세이 「공동체 의식을 다진 신랑달기놀이」를 『한국인』 9월호에, 단편소설 「벽」을 『창작과비평』 여름호에 각각 발표함.

1990년 53세 중편소설 「평교사 황보 선생의 어느 날」을 『사상문예운동』 여름호에 발표함. 「고교교육현장-벽 2」를 『닫힌 교문을 열며』공저, 사계절에 게재함.

1991년 54세 중편소설 「선생님 집에 잘 다녀왔습니다」를 『밀양문학』 제4집에 발표함. 교육문제연작소설집 『벽』을 도서출판 풀빛에서 간행함. 콩트 「갈비와 닭똥집」을 사보 『삼도』에 발표함. 장편소설 『계절풍』을 개작하여 한길사에서 간행함.

1994년 57세 콩트 「신별주부전」을 사보 『미원』 8월호에 발표함.

1995년 58세 전국농어촌주부문학회 고문으로 추대됨.

1997년 60세 콩트 「어떤 대화」를 사보 『전력문화』 10월호에, 「영만이 스님」을 기관지 『새마을』 12월호에 각각 발표함.

1998년 61세 6월 초에 식솔들을 서울에 남겨둔 채 홀로 낙향하여 노모를 모심. 밀양문학회에 가입하여 고문으로 추대됨.

1999년 62세 칼럼 「휴대폰 유감」을 『농어촌주부문학』 제4집에, 에세이 「다듬이질 소리」·「초가」를 『좋은글밭』 10월호와 11월호에 각각 실음. 7월에 일본 도자기문화를 둘러보고, 기행문 「일본, 무엇이 우리네와 다른가」를 『밀양문학』 제12집에 게재함.

2000년 63세 사단법인 민족문학작가회의 경남지회장으로 피선됨. 칼럼 「역설 밀레니엄」을 『농어촌주부문학』 제5집에 발표함. 칼럼 「이러하고도 충절의 고장인가」를 『밀양신문』3월 3일자에 발표함 10월에 밀양 출신 독립운동가들의 항일전적지인 중국의 연변 · 길림 · 장춘 · 북경 · 태항산 등지를 답사함. 연구논문 「약산 김원봉의 사상과 생애」를 『밀양문학』 제13집에, 중편소설 「조지나 강사네」를 『경남작가』 창간호에 각각 발표함.

2001년 64세 사단법인 민족문학작가회의 자문위원으로 추대됨. 중편소설 「알퐁소와 긴조9호」를 『경남작가』 제2집에 발표함. 연구논문 「석정 윤세주의 생애와 사상」을 『밀양문학』 제14집에 발표함.

2002년 65세 향토탐구 영상대본 「미리벌 이야기」를 『경남작가』 제3집에 발표함. 조선의용대 항일전적지를 취재할 목적으로 5박 6일간 제2차 중국답사여행을 함. 사단법인 민족문학작가회의 고문으로 추대됨.

2003년 66세 9월에 아들 한얼, 충북 보은 출신 박영선朴英善과 결혼함.

2004년 67세 장편소설 『칼춤』 집필 시작함. 경희한의원 이계홍 원장의 후원으로 향토탐구영상물 『미리벌 이야기』55분 분량를

제작하여 전국 도서관 · 대학교, 도내 각 기관 및 학교에 무료로 배본함. 현재 유튜브에서 시청 가능함.

2005년 68세 1월에 손녀 은지垠志 태어남.

2007년 70세 나의 중·고 시절의 회상기 「질풍노도, 그 광기의 계절」을 부산중·고 제10회동기회 졸업50돌 기념문집 『연찬에 겨운 배들』에 게재함.

2008년 71세 「자연문화회 신불사 탐방기」를 『밀양문학』 제21집에 게재함.

2009년 72세 1월에 손자 우찬佑燦 태어남.

2010년 73세 장편소설 『꽃바람 꽃샘바람』 개정판을 사단법인 3·15의거기념사업회에서 출간함.

2016년 79세 10여 년간의 각고 끝에 장편소설 『칼춤』을 산지니에서 간행함. 성장소설 『나의 유소년 시절의 초상』을 『경남작가』 제30집에 게재함.

2017년 80세 '경남작가상' 수상함. 에세이 「봉별기逢別記」 및 촛불시위 참가기 「신해가사新海歌詞」를 『밀양문학』 제30집에 게재함.

2018년 81세 산문 「그날이 올 때까지」를 『경남작가』 제33집에 게재함. 산문집 『그날이 올 때까지』를 산지니출판에서 간행함. 현재 자전적 장편 에세이 『토찌비 사냥』을 탈고 중에 있음.

## 참고자료


강동수, 「어떤 시낭송회」, 『국제신문』, 2001. 10. 18.

강희근, 「'알퐁소와 긴조 9호'의 의미」, 『가톨릭영성문학』 제5집, 2002. 3. 3.

구중서, 「한국현대사의 허울을 벗겨 보였다」, 『뿌리깊은나무』 서평, 1979년 11월호.

김귀현, 「제3회 경남작가상에 김춘복 소설가 선정」, 『경남일보』, 2017. 1. 18.

김다숙, 「밀양 천황산자락 소설가 김춘복」, 2004. 1 30.

김성진, 「『쌈짓골』로 『칼춤』을 읽다」, 『밀양문학』 제29집, 2016.

김성진, 「김춘복의 소설 읽기」, 『밀양문학』, 제24집, 2011.

김영우, 「『쌈짓골』의 작가 얼음골에 집필 '둥지'」, 『신경남일보』, 1998. 6. 25.

김종성, 「문제작가 문제작, 김춘복 장편소설 『꽃바람 꽃샘바람』」, 『세계일보』, 1989. 9. 5.

김훤주, 「'칼춤'— 조선 검무 기생 운심의 환생 이야기」, 「지역에서 본 세상」, 2016. 1. 25.

박경옥, 「오늘의 문학 속의 인물상, 김춘복의 『쌈짓골』」, 『이대학보』, 1980. 4. 21.

박래부, 「명작의 무대 문학기행, 김춘복의 『쌈짓골』 밀양」, 『한국일보』, 1989. 2. 12.

박인숙, 「뒤늦은 입지, 문단에 새바람」, 『일간스포츠』, 1981. 7. 15.
박인숙, 「문학의 산실, 소설가 김춘복 씨」, 『일간스포츠』, 1979. 10. 4.
백철, 「신진 작가의 비약, 6월 작품 BEST의 순위」, 『동아일보』, 1959. 6. 20~22.
변승기, 「3·15가 선발투수라면 4·19는 구원투수지요」, 『3·15의거』 제9호, 2007. 12. 30.
서병욱, 「32년 만의 첫 창작집, 『벽』 김춘복 씨」, 1991. 7. 3.
송희복, 「김춘복의 '쌈짓골': 소설 속의 경남 방언과 밀양 지역어」, 『경남 지역의 문학』, p.p.197-202, 국학자료원, 2013.
안정숙, 「『계절풍』, 역사의 소용돌이 그려내」, 『서울경제신문』, 1980. 3. 15.
염무웅, 「농촌현실과 자주적 농민상」 『쌈짓골』 해설, 본 작품집, 1977. 6. 30.
원종태, 인터뷰, 「예술인」, 『경남민예총』, 2016. 12. 30.
윤지관, 「파시즘 하의 변혁운동과 소설」, 『창작과비평』, 1989년 겨울호.
이광우, 「'자연', 또 하나의 삶 7 소설가 김춘복」, 『부산일보』, 2000. 6. 9.
이순욱, 「해원解冤과 해후邂逅에 이르는 길」, 『경남작가』 제29호, 2016.
이종욱, 「'계절풍', 해방 후 민중의 생생한 삶 그려」, 『주부생활』, 1979년 11월호.
임채민, 「'고희' 앞둔, 소탈하지만 날카로운 '열정가'」, 『경남도민일보』, 2007. 11. 11.
임헌영, 「4월혁명과 민족주체의식의 변화」, 본 작품집, 1989. 4. 15.
임헌영, 「농촌소설의 구습 극복, 김춘복의 『쌈짓골』」, 『부산일보』, 1976. 12. 18.

임헌영, 「장편소설 쌈짓골」, 『여성동아』, 1977년 10월호.
장인철, 「419 30주년 맞아 시와 소설 조명」, 『한국일보』, 1990. 4. 19.
전정희, 「아버지 친일행위는 생존의 수단」, 『사사토픽』, 1992. 1. 30.
정근재, 「명작기행 8 김춘복의 『쌈짓골』, 밀양 산내면 시례골」, 『영남일보』, 2001. 11. 23.
정성주, 「독자가 평하는 77년도의 문제작, 김춘복의 『쌈짓골』」, 『이대학보』, 1977. 12.
정찬영, 「3·15의거의 경험과 문학적 형상화」, 『한국문학논총』 제62집, 2012. 12.
조명숙, 「작가탐방 김춘복 소설가, 말채나무 회초리」, 『작가와사회』 제18집, 2005년 봄호.
조승철, 「자연 속의 예술가 10, 밀양얼음골 소설가 김춘복」, 『국제신문』, 2002. 3. 22.
천이두, 「사시와 정시」, 『문학과지성』, 1977년 겨울호.
최광렬, 「1959년의 문단 수확 총평」, 『자유문학』 1959년 12월호.
최유권, 「창작의 고향, 한국문학 속의 현장을 찾아」, 『경향신문』, 1993. 6. 3.
하재청, 「작가탐방—김춘복, '쌈짓골'을 지키는 수호나무」, 『경남작가』 제5집, 2005년
홍기삼, 「한국문화의 70년대 결산 1, 문학」, 『한국일보』, 1979. 11. 21.
황종현, 「문학의 현장을 찾아서, 김춘복의 『쌈짓골』」, 『성대신문』, 1980. 8. 24.
______, 「좌우 헛된 갈등 이제는 풀어야 할 때」, 『국제신문』, 2016. 2. 17.
______, 「우리가 워디 사람인게뷰」, 『건대신문』, 1986. 7. 16.

# 그날이 올 때까지

초판 1쇄 발행 2018년 10월 24일
2쇄 발행 2019년 3월 13일

지은이 김춘복
펴낸이 강수걸
편집장 권경옥
편집 이은주 윤은미 강나래
디자인 권문경 조은비
펴낸곳 산지니
등록 2005년 2월 7일 제333-3370000251002005000001호
주소 부산시 해운대구 수영강변대로 140 BCC 613호
전화 051-504-7070 | 팩스 051-507-7543
홈페이지 www.sanzinibook.com
전자우편 sanzini@sanzinibook.com
블로그 http://sanzinibook.tistory.com

ISBN 978-89-6545-547-9 03810

* 책값은 뒤표지에 있습니다.
* 이 도서의 국립중앙도서관 출판예정도서목록(CIP)은 서지정보유통지원시스템 홈페이지(http://seoji.nl.go.kr)와 국가자료공동목록시스템(http://www.nl.go.kr/kolisnet)에서 이용하실 수 있습니다.(CIP제어번호: CIP2018030524)